新语文名家散文精选
谭曙方 主编

温暖以待

石国平 著

山西出版传媒集团
北岳文艺出版社
BEIYUE LITERATURE & ART PUBLISHING HOUSE
·太原·

图书在版编目(CIP)数据

温暖以待 / 石国平著. —太原：北岳文艺出版社，2021.8
(新语文名家散文精选 / 谭曙方主编)
ISBN 978-7-5378-6235-6

Ⅰ.①温… Ⅱ.①石… Ⅲ.①散文集—中国—当代 Ⅳ.①I267

中国版本图书馆CIP数据核字(2020)第118425号

温暖以待
石国平 著

//
出 品 人
郭文礼

策 划
续小强　赵　婷

责任编辑
左树涛

封面设计
萨福书衣坊

封面绘图
南塘秋

印装监制
郭　勇

出版发行：山西出版传媒集团·北岳文艺出版社
地址：山西省太原市并州南路57号
邮编：030012
电话：0351-5628696(发行部)　0351-5628688(总编室)
传真：0351-5628680
经销商：新华书店
印刷装订：山西人民印刷有限责任公司
开本：787mm×1092mm　1/16
字数：174千字　印张：14
版次：2021年8月第1版
印次：2021年8月山西第1次印刷
书号：ISBN 978-7-5378-6235-6
定价：39.80元

本书版权为本社独家所有，未经本社同意不得转载、摘编或复制

序

杜学文

随着时间的变化，人从幼儿走向童年、少年。对于生命来说，这也许是一些最纯真、最富于诗意的时光。有家的呵护，有不断发现的新奇世界，有无限的可能性；还不会也不需要掩饰自己，不会也不需要考虑如何才能适应别人、适应社会。也许，从生命的成长过程来看，这是一个还不能也不需要承担责任的时刻，是一个不识愁滋味的时刻，是一个可以任性地放飞自己的时刻。当然，也是一个在潜移默化中被生活影响，并奠定自己未来走向基因的时刻。有很多的想象，很多的希望，很多的选择……但是，随着成长，这些"很多"变得越来越少，甚至成为不得不的唯一。这种想象的力量也许会对人的一生产生极为重要的影响。在很多时候，特别是对于成年人来说，想象似乎是虚幻的，非现实的，甚至是无意义的。但对于人整体来说，失去了想象力却是可怕的。如果这样的话，人们就只能匍匐在地面，而失去了星空，失去了更广阔、更丰富、更多姿多彩的世界——未来的可能性、现实的创造力、内心世界的感悟力，以及对幸福的体验与追求。所以，在人的生活中，除了现实存在之外，仍然需要保有提升情感体悟、净化精神世界、培养想象能力的生活方式。在很多时候，我们需要依靠艺术——当然也包括文学在内来实现这种想象。文学，不仅仅是表现生活的，也是想象生活的——建立在现实生活的基础之上，对未知世界与未来生活的理想构建。这种想象力的培养，也许在人的童年与少年时代更为重要。

实际上，每个人都在想象中成长、变化。在成人的世界里，这种想象越来越被现实生活所规定、制约。当一个人成为学生的时候，非学生的生活就不存在了。他必须在学生的前提下选择未来。但选择了通过读书来改变人生的时候，非读书的可能性也不存在了。尽管选择是对现实利弊的权衡，但仍然是对未来可能性的想象。当然，想象并不局限在这样的选择之中，人还有很多非现实的想象——对艺术世界的虚构，以及对不可知世界的精神性营造等等。前者可能会更多地影响人的情感，而后者则更多地影响人的创造。

事实上，每一个人在其幼年时期都会有想象的努力——自觉的与不自觉的。以我自己的经历言，曾经想象时间的停滞，希望知道时间停滞之后会发生什么。结果是时间并没有停滞，停滞的只是自己的某种状态。在我家乡村外的山脚下，有一条河。河中一个很小的瀑布下聚满了水。那水是深绿的，有点深不见底的感觉。我们那里把这样的地方称为"龙潭"，就是河中水很深的坑。旁边有一个石头垒起来的磨坊，里面有一座水磨——利用瀑布的落差来推动石磨。大人们说，这龙潭很深，一直能通到海底的龙王爷那里。我不太理解如何从太行山的地底通往大海，也不知道假若到了大海会怎么样，但却希望能够有一条龙带着我去看看大海。这大海与龙宫就成为幼年的我对未知世界的想象。

人的想象力当然是建立在社会生活之上的。如果没有听过大人们讲龙王的故事，就不可能去想象龙宫的景象。这种社会生活也隐含了人的价值判断与情感选择。当人们在其成长的幼年时代，能够更多地接受积极健康的价值观，接受良好的情感表达及其方式，其想象力将向着更美好、完善、向上的方向发展。人会在无意识中选择那种积极的表现方式。这也许会影响人的一生。就是说，在人成长的初期，想象力及其表现方式是非常重要的。

也许人们意识到了这种重要性，出现了很多希望能够满足童年或者少年人群精神需求的活动。游戏、体育、劳动、阅读，以及相关的艺术活动，包括文学阅读与创作活动。据说那些非常著名的作家往往会写一些少儿作品。而那些儿童文学作家则被认为是"最干净"的职业人群。正是他们，在那些如白纸一般的人心中绘画。他们使用的颜色、图案、创意将深刻地影响人的未来。而人们总是希望自己的未来将更为美好。

从这样的角度来看，北岳文艺出版社策划出版一套《新语文名家散文精选》就有了非常特殊的意义。这并不是一般的作家散文创作结集，而是有明确的目的指向——为那些正在成长的读书人提供可资参考的读本——它主要不是为了体现作家在艺术领域的探索创新，不是为了研究某个创作领域的来龙去脉，也不是为了让人们获得知识——当然我们也不能排除这样的功能。但无论如何，其核心目的是要为培养孩子们的想象力、审美能力提供一些看起来感到亲切的范文。至少会使读书的同学们能够在写作上有所参照。这是很有意义的。

从体例设计来看，也非常有效地体现了这种目的。这套书选择了十一位作家的散文作品。他们分别生活工作在山西的十一个地级市，有某种地域意味在内，也会强化读者"在身边"的认同。这些作家，大部分我都有接触，基本上了解他们的创作情况。其中有成果颇丰的老一辈作家，也有风头正健的中青年作家。他们的文学贡献也主要体现在散文领域。这对读者的阅读来说有很强的针对性。在每一篇作品的后面，还邀请各地从事教学的名师进行点评，以帮助读者更好地进入作品的艺术情境之中，领略作品的艺术特色，以及文中表露出来的情感状态、价值选择。这是非常好的设计。同时，还邀请相关的专家对每一位作者的作品进行比较专业的综合性论述，便于读者从全书的整体来把握作品。这些作品主要集中在"情"上——故乡之情、父母亲情、友情爱情、事业之情等等。其中一些堪称范文。当然也有一些知识性、研究性与介绍性的作品，亦可丰富拓展读者的视野、心胸。通过这些作品，我们不仅会感受到不同时期人们的生活状态、情感状态，还可以理解作家们表达情感、进行描写的艺术手法，既有助于同学们想象力、创造力的提升，亦有助于同学们写作能力的提高。

　　人的生活状态至少有两个方面。一是显性的、可见的。比如学习成绩、创作成就、劳动收获等等。但还有另一种是隐性的、不可见的。如你会因为学习成绩提高而感到高兴、欣慰；会因为自己的作品受到读者喜爱而增强了创作的动力；秋天收获的时候，会因为这一年风调雨顺有了好收成而感到欣喜，增强了过好日子的信心等等。也可能因为这些，你会更努力地工作学习，更尊重别人的劳动付出，更希望自己做一个好人、优秀的人。相对来说，那些显性的、可见的生活状态往往受到人们的重视，因为其直观，有功利性。但也许那些隐性的、不可见的生活状态对人的成长、完善，以及激发内在动力与想象力、创造力更加重要。它们虽然看不到、摸不着，似有若无，但往往决定了人的情趣、视野、眼界、胸怀，以及精神状态、价值选择与审美能力。正因为这些东西的存在，使你能够更好地面对社会、人生，正确地选择自己的道路、方法，感受到生活的美好、幸福，并保有追求更美好未来的力量与信心。这样来看，这套书意义重大。我真诚地希望大家能够喜欢，也希望有更多的适应同学们阅读的好书面世。

2021年3月21日于晋阳

（杜学文，山西省作家协会主席，著名文学评论家）

与生活在此握手言欢

/ 葛水平

与石国平是相熟多年的朋友，同一座城市，由青春年少而相携中年，有些事在我的脑海里永远都是昨天。正如作者沉浸于漫漫往事回忆中，往事因世事变迁而显得愈加珍贵，回忆也成为丰富内心世界的有效手段。

重新体味友情的乐趣，总会想起去吃潞城甩饼。从前的日子，人年少，无聊时间多，常常会结伴一起去找吃食，当然，就希望石国平能找一家正宗的甩饼铺子。甩饼的味道，现在想来真是诱人。门外的人闪进来，在适意的心情下，大得如同锅盖一样的饼子端上来，驴肉一卷，吃一个再吃一个，肚饱眼睛饥，能吃下第三张饼子就算是梁山好汉了。"要想真解馋，咱到甩饼摊，饱饱吃一顿，如同小过年。"那些年，我常去潞城过小年。

那些年石国平是文学青年，写小说，写得正起劲，突然，因为工作变动停下了手中活计。仔细琢磨文学这东西挺会讨好人的情绪，它不仅能让你的心消停下来，更主要的是可以用它特有的方式给一个人带来运气。文学，一旦爱上了很难丢弃。任何一种性情或者特长，一旦发展、强化到极致，大都利于生活。石国平虽然不写小说了，但是还写散文。后来读他的散文，会想起他的小说，读他的小说，就会想起去潞城吃甩饼，有故事，有细节，那年月的年轻人真是天真烂漫啊。

多年相交下来，石国平无论做人，或者做事，或者相处，总会叫人想起一些场景、一些好天气，不同声音一起连成一个欢声笑语的声场，多少年不忘。

《温暖以待》是石国平出版的第二部散文集。这部散文作品以记写工作感触为主线条，以记写亲情、友情、爱情为主色调，以记写还原历史真实为写作特色，不求奇异，但求朴实。石国平的散文遵循的是自己的视角，他的着眼点放在自己熟悉的工作中。选择这样一个角度入文虽然不是独到之处，但是，有他具体可感的人情大道理。他的行文朴素亲切、睿智开阔，仅仅从一系列散文小标题，便可以领略其中风貌，"田园已芜我不归""一棵扯在别人家地里的秧""转身"等等。生活给予过他温暖的人和事，因此，我们可以透过他朴朴素素的文字看到他的过往，似乎也是我们的过往。

不论什么样式的散文，作者在场很重要。读石国平的散文能感觉到他笔下的空气是有温度的，他朴拙地调动情感和学识，使汉字在他笔下生动起来，不停息地感染你，并感动你。

"这个家族，始终沿着一条谋生的崎岖小路，怀揣憧憬，永远不停息地往前行进。谋生之旅是一条清晰的脉络，几代人马不停蹄似的迁徙行走，留下的和带走的，都延续着各自或通畅或艰辛的路，每走一个地方，都有过遗失或者说遗留。留下的，不仅仅是几孔土窑、几处石屋，以及一些石磨石碾、猪舍牛栏，更有一个家族中的同胞兄妹。于是，往往会出现这样的情景：老家不止一个，每一个栖身地都会留下一个或者几个家族成员，然后像原子裂变一样，一分为几，几分为无数。只是，当几处的族人、同代或不同代的族人相见时，面对的除了陌生便是隔膜。"

这样的文字，如同阅读一篇小说，接下来，纵使心中惊喜地期待什么，也不免有怀疑的叙述在等着。

再如："一个人的灵魂宁静而清明，就像寂静的群山。"

"男人的孤独和爱总是被围裹着，抽象而不透明，不像女人，她的孤独和她的爱恋一样，总是敞亮着，照亮自己，也照亮别人，消磨自己，也消磨别人。"

"当一只手伸向另一只手时，总会遇到对方适时地抽回的那只想要伸出的手。伸手时迟疑不决，抽手时也迟疑不决。伸出的那只手颤抖着，哆嗦着，并非是胆怯。抽回的那只手同样颤抖着，哆嗦着，并非是退却。"

"爱是决斗，爱是彷徨，爱是挣扎，爱是勇敢者的前行，爱是懦弱者的退却。爱是一场盛宴，爱是一场磨难，到最终，要么共融，要么共亡。"

"爱意在荒寂的空域里永不停息地盘旋，你能听到它在沉寂的夜空中相互碰撞得咯咯作响。"

"爱不需要智慧，爱是愚笨者的游戏。人们渴望拥有爱，也渴望拥有智慧，二者怎么可以兼得？"

"爱是两个人闭上眼睛，静等相拥和安抚。爱是两个人静静地躺在爱河里，或者享受舒畅，或者被爱的洪流冲刷。"

"爱不仅仅是享受，爱是一种相互的给予，一种相互的容忍。爱不是要牢牢拴住另一头让它动弹不得，而是要由着它向高空飞翔，然后自然落体，朝着中心点向下俯冲。"

石国平的叙述很冷静。我想用这个语词，表达我的阅读体验，也借以指出他的艺术建构，似乎刻意映射着生活的原生面目。他从自身经验中汲取生活的营养，在A或者B，或者AB中不断调整情绪。在他的散文中，情是内在的，藏在事情后面。

这些年疏于联系，知道他作为一位政府部门的公务员，几年前，重新回到他职业的起点教育行业。重操旧业对他来说也许并非是他的主观选择，但既来之则安之，作为一个有情怀的人，用心用情做事，一定会做得很有起色。从政的经历，对他而言，是不是如鱼得水，是不是顺风顺水，应该是不言而明，也应该是甘苦自知。从他的"教育札记"中，可以感觉到他做事的认真和敬业，坦率和充实，也能体会到他工作中遇到的诸多困惑和感慨。但最值得关注的，是他的那种对事业的情怀和执着，对教育行业的忧虑和期盼。读他的这些散文，让我感触最深的是，作为一位最基层的公务人员，可以做许多的事，却也有许多的事无能为力。那种所想不能所为的心境，也许是不置身其中便不能真正地感同身受！但我却能真切地感受到他的那种强烈的忧患意识和率性品质。

写亲情那块儿文字，笔意酣畅而饱满。特别是写家族的迁徙之旅，家族文化的渗透与品质的传承，都让人感觉格外真实可信。我不知道他在梳理家族延续脉络的时候，是不是融入了一些艺术化的写意手法，但对家族的敬仰和对家族历史走向的依恋贯穿着作者家族史散文的始终。我们不必去探究这些文本的真实程度，但却可以在阅读的过程中悠然地品一杯清茶，静静地想想那些文字的里外，想想我们自己。

散文的至境，在我看来，应有对造化万物心存感念，并与万物同一同在的无我之境。石国平的散文以理趣为归依点，以丰富的想象贯通全文，时光无时不在，无处不存。我们由此而看到的是寸寸光阴，可触可握，只在盈手之间。

散文中那些对女性的描述，也是充分发挥了小说作者的特长，剖析心理，捕捉内心体验，让人有所思，有所悟，有所感，由表及里，思前想后。

对一些历史人物和事件的描述，把握得也恰到好处。我们既看到人物的人生轨迹，也能体会人物的内心情感。每一个历史人物的人生走向，与其时代背景、人物性格，都有时间和空间的脉络可寻。一个人能走什么样的路，会有什么样的命运纠葛，都有其缘由和注脚，都有其偶然和必然的关联，记写舒缓，但引人入胜，可读性强。

散文集取名《温暖以待》，它必定是作者的一种价值取向，充盈着满满的人文情怀，且宽容适度，严厉有格，对事的原则性和客观性，对人性的关照与期待，以及对人生态度的有效把控，都让人感觉到一种男人的张力和温度。这种平静谦和、不事张扬的写作风格与他本人的内敛品格十分相似，高度吻合，让人感觉到一种真诚、一种坦率、一种耳闻目睹的记忆在走近。

（葛水平，山西省作家协会副主席，一级作家）

目录

第一辑　情感走笔

003　乡村絮语
010　路过徐州
015　期盼
021　田园已芜我不归
027　家有父母
032　华法令
035　愿时光可以倒流
041　秋天的思绪
046　一棵扯在别人家地里的秧
055　无题

第二辑　尘世漫步

067　岭南二章
081　凤凰行吟
091　游走恭王府
097　凝望纳木错
104　桂花树上鸟喳喳

001

109　风过三垂冈

117　一生只为爱，未留片刻暖

第三辑 乡梓碎语

133　只五里

138　一个半

144　寄宿制

151　荒芜的村校

156　丁香花开的地方

162　幼儿教师

169　周转房

174　三个有趣的试验

178　转身

185　芈月人生

190　悲剧、悲情、悲壮

196　记忆寻根、历史熨帖与人文追怀
　　　——评石国平散文集《温暖以待》　/ 金春平

205　后记

温暖以待

第一辑

情感走笔

如果自己家里、自己家族、自己乡里，出了一个了不起的人物，他是这个家里、家族、乡里的荣耀。

过去讲荣归故里，只有回到熟悉的地面，你的荣耀才有所附丽。否则，与己无关的人，发再大的财，当再大的官，我们有什么可骄傲和自豪的呢？

乡村絮语

国庆长假，人们纷纷外出旅游的时候，我跟父母回到了乡村老家。

我们到村里的时候，已近中午了。我从车上下来，引来人们惊异的目光，父母一下车，周围的人全都围过来了，大家的那种喜悦和热情，真是令我们感到亲切和温暖。

年过七旬的父母离开老家已经有几年时间了，虽然他们每年都要回来小住一段，但邻居们看见我的父母真是有些喜出望外。这种乡村特有的温柔敦厚的氛围一下子让你产生了一种亲切感。那种亲切的感觉无法言说，让你不由得想起那句经典的话语：回家的感觉真好！

大姐依然在农村，她知道我们今天要回来，已经提前过来打扫干净了院子，晒好了被褥，收拾了炉灶。只顾在家里忙活的大姐一看到我们，一下子喜滋滋的。几个邻居也跟着我们进了院子，这个往日冷清的小院又一下热闹起来。

曾经熟悉的乡村生活就这样开始了。

吃过午饭，母亲说，你有午睡的习惯，开车也累了，快去西屋休息吧。

母亲所说的"西屋"，其实是堂屋中最西边的一间，老家的房子是一个宽阔的四合院。堂屋是一幢五间两层楼房。东屋是五间旧式砖瓦房。西屋是五间"晒棚"房，就是那种为便于晾晒粮食用的水泥顶平层房。南房是和邻居共有的房屋，东边一间属于我们家出大门的过道，其余四间是邻居家的堂房，这样形成一个完整的四合院。老家这些房子都是经父亲手先后翻盖过的，曾是村子里最好的房子。父母被我们接走之后，老家的院子就一直空闲着。我进了西屋，看到屋子已经被大姐打扫得干干净净，床上也铺好了已经晾晒过的被褥。

躺在床上，随手拿起一张报纸翻看。突然，听到一群孩子在隔墙的后街上玩跳皮筋儿。随着孩子们有节奏的跳动，耳边响起孩子们稚气的念唱：

绣，绣，绣花针，
绣花姑娘去买针，
有长针，有短针，
就是没有绣花针。

一个绣花姑娘，想去买一个绣花针，也不让她满意而去，人生的种种无奈，竟从小孩儿的童谣中折射出来，真是有意思得很呢。

在有节奏的童谣声中渐渐进入梦境。醒来时，小孩子跳皮筋儿的声音没有了，后街上已经恢复了宁静。这种乡村的宁静，真让人有点儿空寂呀。

走出院子，看到邻家的那些大娘大婶已经在跟父母闲聊了。他们开始陆续来到这个往日寂寞的小院。她们来的时候，手里提着豆角、南瓜、茄子、白菜。她们是觉得父母已经没有了地，没有这些吧。

这些大娘大婶大都不能辨认出我是谁了。她们都要问，这是老大，还是老二？我们兄妹几个，除了仍在乡村的大姐，现如今已经都不在这里生活了，她们已经很少见到我们兄妹几个了。难怪这些七十岁上下的老人，已经难以辨认出我们了。她们与我的父母同龄，却有着不同的遭际。

一个大婶，刚才还乐呵呵的，突然就开始抹泪了，原来她说到她的女婿了。女婿在春天的时候，在太原打工时被突然倒塌的房子砸死了。那曾是一个勤劳而有本事的女婿啊，出事前已经是一个小工头了，在别人的工程队里领着十几号人，把工程承包出一块自己做。可是，有一天，意外发生了。他在去给一个管工地的领导的老家修缮房屋时，被突然倒塌的墙砸死了。事情发生了，双方僵持了半个多月，最终赔了七万，算是了结。人死不能复生，留下老婆孩子，这以后的日子怎么过呀。家里一下子没有了顶梁柱，正在读高中的儿子日后可怎么办呢？一边是抹泪，一边是安慰。这样的情景真让人伤感呢。

其实，这是一个阳光很好的下午啊！我开始坐在院子的东墙根下，翻看一本袖珍版的《山海经》，其中，《大荒东经》讲述的是在东海海外，甘水流经的地方，有一个羲和国，一个叫羲和的女子，正在甘水里给她的儿子洗澡。羲和是帝俊的妻子，传说生了十个太阳。她生的孩子真是与众不同啊！他们是十个太阳。她在帮她的那些太阳儿子洗澡呢。

起身舒展一下。这边，一个大婶正在与母亲讲述着她家的故事。大婶四个儿子，一个跟随了叔父家，一个招亲（入赘）出去了，剩下两个儿子，是老大和老二，也都是近五十岁的人了，日子过得却也不怎么舒心。秋收的时候，老大回来几天，走的时候也没有过来跟爹娘打一下招呼。做母亲的说，可能俺孩儿心里不高兴吧，听说今年有了啥危机，孩儿们在外面活儿不多，经常歇工，也没有挣下钱，盖房子的饥荒本来打算今年还清的，现在也还不了了。大婶说，今年她与老伴是住在老二家的。老两口忙活一辈子，到了现在，他们没有属于自己的房子。原来的房子早分给了子女。子女成家另过，总是要翻盖房子的，这样一来，原来的房子就全没了，也就没有老人的了。老两口只能是老大老二家轮流住。做长辈的辛辛苦苦一生，最终却成了无房之人。乡村这种事情多的是，也不为怪。这些老人，表情淡然，不再是年轻时候的模样了。无奈写在苍老的脸上，日子在她们身边流动，春去秋来，秋去冬来，乡村的变化在这些老人身上呈现出来的，似乎只有渐渐老去，以及那一声声的叹息。讲述中，禁不住两行老泪就淌下来了。可是说着说着，她们就又咯咯地笑起来，似乎突然间忘却了自己的苦楚和愁事。当我从她们现今的容颜里依稀记起当年的音容笑貌时，却蓦然想起儿时的自己来。村子里光屁股嬉戏的童年，爬墙上树的乐趣，河边戏水的情景，背柴打草的少年，那段全世界只有几个人才知谙的初始生活片段，譬如自己的小名，或者从哪棵树上摔下来的情景，还有那些曾经最要好的玩伴已然逝去的伤感。

一个人走了，又一个人来了。

父母将在这个熟悉的院落里过上一段日子。他们会坐在一起，谈论家事、往事、琐事，说东家长，道西家短。

语言的表达苍白无力，生活的诡秘无可叙述，你知道谁生活得顺畅，谁生活得艰辛？外在艰难者内心充满着种种期盼，外在顺畅者潜伏着种种危机。人一生都在寻找，寻找希望，寻找情爱；人一生都在等待，等待奇迹，等待幸福。看着别人，想起自己，从别人的今天回味自己的昨天，想象自己的明天。人生充满着许许多多的变数，唯其如此，人才会有期望，也有困惑。

月明星稀的夜晚，一个人躺在老家的床上，看着随身带来的报纸。突然窗外传来蟋蟀的叫声。这个深秋的夜晚呀，我突然问自己，它们为什么要鸣叫呢？思考良久，突发奇想，拿起手机，给几个朋友发信息询问，答案一个个反馈回来，内容却千差万别。

人有人言，鸟有鸟语。人言鸟语，总该是一种表达。我们已然习惯了以一种声音、一个视角去看问题。更多的时候，我们习惯和喜欢去臆测一些客观事物，却很少去尝试以另一种方式打开思维的闸门。

乡村的夜晚,很静谧,很唯美。天地合一的那种景致,让一个人安然与淡定的乡村氛围,只有在这样的地方、这样的时刻,你才会心领神会。

太阳从窗帘的缝隙里照射进来,又一天开始了。躺在床上,听到窗外母亲轻声地唤着自己的小名儿。母亲说,国勒儿,饭已经好了,起来吃饭吧。在床上做一个自在的翻身,伸一伸懒腰,这是多么惬意的时刻,这多似儿时的情景呀!

乡村的深秋是美丽诱人的。我独自一人走到了村子上面的红旗渠。这个曾经让世人惊叹的"人工天河",无论是它轰轰烈烈的年代,还是后来的沉寂与喧哗,它都是一直安然地静卧在乡村的山野之间。现在,红旗渠虽依然有着灌溉的功能,但更叫得响的已经是观赏价值了。红旗渠遍及林州市境内,而且还在山西平顺县境内有着几十公里。大多数人并不晓得,红旗渠分主干渠和支渠。它的主干渠部分,仅限于平顺县境内和林州市任村镇的一个乡镇境内,遍及林州全境的,只是它的三条支渠。现在人们观看红旗渠,其实就是看它的主干渠的几个特殊建筑,就像人们看长城仅看它的几个关隘,看几个著名的景点而已。我现在恰是站在它的主干渠上。但因为它平缓,不险要,所以它与这寂静的乡村一样,沉卧于乡野的山壑坡岭间,逢山钻洞,遇沟架桥,蜿蜒而行,渠水缓缓地流动着。伫立渠畔,蓦然想起儿时惴惴不安地跳进渠水里游泳的情景。如今,它古老沧桑。渠岸破旧了,渠里的水也少多了。站在渠岸上,放眼四望,连绵不断、鳞次栉比的青砖蓝瓦的建筑,乡村图景似一幅画卷一下子映入眼帘。这乡村的美景啊,真是令人赞叹!

亘古不变的乡村,固守着这份亘古不变的美丽。

抬头仰望,就看到了山巅之上那座高高耸立的望京楼。关于那座用青石垒砌出来的城楼,有一个美丽而动人的传说、一个悲欢离合的爱情故事。相传故事发生在明朝万历年间，一个杨姓后生，到京城谋生，正赶上皇帝的女儿招婿。这金枝玉叶选女婿的标准非同一般，她要找一个身体最棒最能吃的夫君。于是这个忍饥挨饿好多天的后生喜从天降，被招为驸马。可是一个乡下人怎么能在京城立住脚？于是他把这位金枝玉叶哄回了乡间。可这金枝玉叶又想那繁华的京城和父母，于是这杨驸马就给她在家乡的山顶上盖了一座望京楼，若这位金枝玉叶想京城的亲人了就登上望京楼远眺。至于这望京楼是不是能够望得到京城，自然值得存疑。这个关于驸马与金枝玉叶的故事，在乡间口口相传，无从查考，但这眼前的古迹却让人无可置疑。

在乡村三天，没有赶上乡村的雨。记忆中，乡村的秋雨是那样柔美，那是儿时的最爱。站在堂屋的青石阶上，静看雨水落地，聆听雨水拍打梧桐的声响。那些儿时的情景，竟然在这个艳阳高照的秋天想起来了，真是奇特而浪漫。在城市品茗，在乡村看景，那是一样舒心呀。站在乡村，目视那些曾经熟悉的面孔，或者说上一句话，或者只是点头笑笑，或者什么表示也没有，看着他们在慢慢地变老，或者正在成长，总会让你一下子回到从前，想到彼时的自己。

不是父母回家，也许不会有这次老家之行。在生养之地，这个宁静的乡村，乡居的心情是从未有过的。从后街传来的童谣，夜晚蟋蟀如约而至的鸣叫，那些渐行渐远又蓦然清晰的记忆，那些在城市的喧嚣中永远不可能领悟的人生之理，在这样的地方，却异常清晰明了了。那些剪不断理不清的事理，开始理顺了，让你突然觉得，这人世间真是有意思得很，生命中的东西真是应该珍惜。

就要离开居住了三天的乡村了，哦，不，是我儿时曾经居住过的乡村啊，竟这般让我留恋。车一起动，我留在乡村的父母、那些乡里乡亲、那些熟悉而陌生的情景，便与我分离了，而那些乡村记忆和感悟被我悄然带去。

赏析

文章以行云流水般的笔调，娓娓倾诉着心底对故乡的依恋。岁月无心，亲人的质朴厚道，童谣的稚嫩纯真，老乡唠叨的家长里短，夜晚虫儿的醉人呢喃，看似寻常，但在作者笔下，都呈现出一种浓郁的生活气息，将父母与故土难以割舍的真挚情谊演绎得淋漓尽致。山村静美，年老的守候，徘徊过几个山坡之后，孤立成一棵树；沧桑的感慨还盘桓在上空，追赶岁月的人，适时放逐一些情绪，就有了难忘的记忆和感想，如同开在苜蓿地里的白花。曾经的村庄正被苍老包围，这里有许多的悲哀和无奈，也有许多值得我们回首的记忆与美好。

本文将自然景观、场面气氛等与人物刻画巧妙结合起来，折射出农村广阔的生活画面，表现了深刻的社会主题。文章像放开喉咙在呼喊，就像面对苍老的亲人，说些迟暮的话，力求当下的人们把视野投向那片被我们淡忘的土地，重拾乡村记忆。城市的繁华喧嚣，迷茫了一代人，寻求现代生活的人在自我陶醉中渐行渐远，愿我们的乡村不在固守与迷茫中枯干。

（张金红）

张金红，山西省长治市潞州中学副校长，体育北路学校执行校长。初中语文教师，中学正高级教师，全国优秀教师，山西省特级教师，山西省三晋英才"拔尖骨干人才"，山西省教学能手，山西省三八红旗手，长治市享受政府特殊津贴及相关待遇专家。

路过徐州

那次去杭州,是坐大巴去的,车启动的时候,已经是下午六点钟了。车还在市区内穿行,我就迫不及待地给远在徐州的儿子发了信息。我告诉儿子:我要去杭州,要路过徐州。过了一个多小时,我看到手机上还没有出现他的信息,就又追加一条说,我路过徐州的时间大致是在晚上十一点钟左右。

车到河南境内的时候,儿子才回了信息,他说,知道了!

一句"知道了",回答得再简单不过。这多少让我这个做父亲的一下子有点儿小小的失望。心里想,这孩子,怎么一点兴奋的感觉都没有呢。于是在心里自我安慰说,儿子一定在忙着,或者去了阅览室学习,或者在吃晚饭,儿子这个时间一般是在吃晚饭呢。

因为是高速,车的速度很快。我的位置是在车的尾部,看不到前方的任何路标。透过车窗,只能看到一闪而过的田野、村庄、树木,那些沿路的指示标牌,我几乎是看不到的。很快,大巴开始在夜色中穿行了。于是,我只看到车窗外夜的黑色,思绪却一刻也没有离开徐州的儿子。

当初,儿子的高考成绩高出重点线二十多分,却因为报志愿的原因,未能如所愿。那一年,省里出台过一个政策,凡达重点线的考生,如第一志愿不能录取的,可以在本省的"老八所院校"中重新补报一次志愿。但儿子坚决不肯上本省的大学。后来,几经波折,儿子选择了中国矿业大学。补报矿大之前,我们先行去了一趟徐州。想不到，那一天，天公不作美，我们走出火车站的时候，徐州正经历着一场前所未有的大暴雨。我们冒雨打车去了矿大南湖校区。本以为雨一会儿就会停下来，没想到雨竟一个劲儿地下个不停。我们没有雨伞，又不能及时找到躲雨的地方，我和儿子手牵着手，在矿大陌生而空旷的校园里穿行，大雨如注，狂风大作，父子俩一下子浑身湿透了，如落汤鸡一般。好容易找到一处可以躲雨的教学楼，我们只能躲避在教学楼的台阶上，父子俩相互拥抱着，无奈地看着漫天的雨水哗啦啦地往下泼。校园的垂柳被压弯了树身，百合、香樟折断了枝，地上的草坪里全是雨水，一条条校园小路成了雨水横流的河床。我们何曾见过这么大的雨呀，这场不期而遇的暴雨让我们父子俩寸步难行，被困在这个空旷的大学校园里，让我们一下子感觉到了一种不能承受之重。

　　人总在向着不同的方向、不可预测的方向前行。现在，摆在我们面前的路千条百条，一如那阡陌交通，又如那穿梭纷乱的人生洪流，让你无法辨清此次选择的正确与否。抉择，往往是一个人一生中最严峻的课题。而眼前，我们成了一对无助的父子，内心的无奈，被巨大的焦虑和失望挤压。对儿子而言，这该是他人生的一次最重要的转折。如果我们选择这里，意味着儿子中学时代的结束，如果我们放弃这里，意味着他的中学时代仍将延续下去。人有时候可以辨清自己所处的位置，但很难对下一步所走的路做出及时准确的甄别。现在，到了我和儿子来选择他未来的人生走向了。可我们的选择外加了一些遗憾，一些无可名状的沉重与失落。

　　好在，最终，我们做出了自己的选择，儿子被中国矿业大学录取。

　　上大学以后，儿子很少往家里打电话。我曾对他说，你可以一星期打一次电话。儿子说行。但一个星期过去了，儿子还是没有把电话打过来。这时候，我会情不自禁地给他打过去。他要么是在食堂，要么是在教室，要么是在宿舍。儿子总是那么忙，忙着考试，忙着他在学生部的一些事情。儿子是一个集体观念很强的人，这让我深感欣慰。欣慰之余，我常常告诫儿子，你的目标是考研，而不是别的。他总是淡然地一笑说，知道。

那一晚，我的睡意全无。我一直在等候，等候儿子的信息的出现。半躺在卧铺上，左右翻身，或者干脆坐起来，我孩子般在等待。但儿子没有能让我满足。他没有再给我发信息，一次都没有。

我一直不断地拉开拉上车窗上的布帘，尽可能地看着一闪而过的亮光，企图看到外面的指路牌。可能因为车中途停了几次，或者我原来的估计不怎么准确，后来才晓得，当路过徐州的时候，已经是凌晨一点钟了。我就想，儿子可能已经入睡了吧。我想给儿子打个电话，告诉他我到了徐州的地界上。虽然我不忍去打搅可能已经入睡的儿子，却又企盼着儿子突然能打过电话来。就这样陷入矛盾的漩涡里，想象着儿子应该打一个电话，或者发一个信息，问问他的父亲，车到哪儿。可是没有，一直没有。

车过徐州，也就是一闪而过而已。

我想起我在外地上学的时候，父亲从老家来看我的情景，当时好像因为雨天路阻，父亲背着重重的东西转道来看我。本来是五六个小时的车程，据说他翻山越岭，走了整整两天。可我当时看到疲惫的父亲时，并没有多少激动，相反倒觉得他没有必要这么费力地来看我。现在想来，我那时真是不理解父亲的用心。

所谓父子，就意味着，两个人的前世今生，有着一种牵扯不断的联系。就像当年父亲非要跋山涉水去看我一样，如今，当我路过儿子所在的城市的时候，作为一个父亲，一个还不算老的父亲，一个四十多岁的中年人，却希望自己在路过的时候，自己的儿子能想到自己的父亲正在路过，仅此而已。

车在高速路上继续行驶，所谓路过，那只是一种相对的近距离接触而已，甚至是一种近距离的一闪而过。父与子，两个人，一个在大学校园里，一个在高速行进的车上。相距最近时，父子相互牵挂，仅此而已。

车窗外亮了，我看了看腕上的手表，已经是早晨六点钟了，看看手机，依然没有儿子的信息。此时，他也许正在睡梦中，我已经离开江苏，到了浙江境内了。一次近距离父子对话的机会，被儿子给忽略了。但在心里，我没有责备他，我宁愿相信儿子在睡梦中微笑呢。他快二十岁了，快满二十岁的儿子，在父亲心中，他依然是一个孩子，就像当初，我的父亲来看我。那时，我也是这个年龄，正是儿子现在的年龄。

作为一个父亲的心思，恐怕只有自己当了父亲时才体会最深、最透。

赏析

本文集中了一个个小回忆，串起了父亲对儿子的爱与理解。文章开头，便交代了"我"到杭州出差，仅仅是路过徐州，连和儿子隔窗相望的机会都没有，但还是迫不及待地提前五个小时就给儿子发了信息。在等待儿子回复的一分一秒中，"我"的眼前闪现着儿子在徐州读大学的一幕又一幕，想起自己上学时父亲来看"我"，加深了我们对"父子"的内涵的理解。一直到路过徐州，即将到达杭州，十二个小时过去了，"我"都没有收到儿子的信息。这时的"我"心里是否失落，谁又来理解此时此刻一个做父亲的心？笔锋一转，"我"没有埋怨，更没有责备，只有牵挂与自我安慰。可谓是写实了细节。

本文语言质朴，融情于笔端，寓理于文中，"就这样陷入矛盾的漩涡里""人总在向着不同方向、不可预测的方向前行",父亲对儿子的挚爱亲情就在这样的叙述中缓缓流淌,打动了我们,感染了我们。文章措辞准确,值得细细品味,比如"我一直不断地拉开拉上车窗上的布帘,尽可能地看着一闪而过的亮光,企图看到外面的指路牌""不断地""尽可能地""企图"……几笔修饰,父亲那丰满的形象便跃然纸上。

(王丽)

王丽,山西省长治市潞城四中副校长,高中语文教师,中学高级教师,长治市骨干教师,长治市学术技术带头人,长治市模范教师,长治市"爱岗敬业"道德模范。

期　盼

　　考研是我和儿子很早就制定好的长远规划。自从大四的儿子考研失利以来，他的精神状态一直不够好。儿子快要大学毕业的那段时间，我们这里正好要进行事业单位招考。在没有征求儿子意见的情况下，我自作主张悄悄给他报了名。当时的想法是，如果考试的时候儿子还不能从学校回来，就放弃考试，如果毕业回来了，就参加考试。考试前几天，儿子正好毕业离校回来了。

　　我跟儿子说起报考这件事。儿子说，那就考吧。他的语气很淡然，没有高兴，也没有不高兴。于是，我再三叮嘱儿子：要考，就要好好复习准备。儿子说了声知道。

　　二十天以后，考试成绩公布，儿子名列前十名。这意味着，他被录用的可能性几乎在百分之百。因为招考名额是三十多名，如果不出意外，被录取是十拿九稳的事。

　　果然不出所料，面试过后，儿子还在前十名。儿子去参加选岗回来说，被录取的三十多人中，像他这样的应届生只有两三个，而且跟他一样九〇后的只有他一个。这是值得高兴的事，但儿子看上去并不怎么兴奋。那段时间，许多朋友同事都打电话祝贺，说我有个争气的儿子，一毕业就考上了事业单位。我只是笑笑，我们全家人只是非常平静地面对这件事，因为儿子的最大心愿是继续考研。

　　大四的时候，凭儿子的学业，完全可以实现"内保"，继续读本校的研究生。但儿子放弃了保研资格。他想通过考研换个城市，最好是到北京读研究生。其实，在这一点上，我和儿子的想法是一致的。但后来考研失利对儿子的打击并不算小。

大四第二个学期，儿子说他的同学大多数都找了工作签约了，而且学校为了保证就业率也鼓励学生早找工作。但我对儿子说得最多的一句话是：我们的目标是考研。

复习的那段日子，为了能让儿子有一个安静的学习环境，我让他住在了市区比较僻静的小区里。在那种环境里，儿子没有熟人，没人打搅。尤其是星期天和节假日，儿子不上班，置身于一日三餐、早起晚睡、整天与书相伴的环境中。每天中午，儿子或者自己做饭，或者到小区门口的大街上吃一个盖浇饭。晚上我们过去跟儿子团聚，给他做饭，并及时掌握他的学习状况。

夏天的小区里，满地的绿草相映，百花相衬，各种刚刚移栽过来的风景树也一天天披满了绿色。秋天到了，绿草变黄，花开花落，秋风秋雨。冬天来了，风吹树叶落满地。儿子越来越紧张。儿子说，腰困了，背酸了。我从家里拿来一对儿哑铃让儿子锻炼身体。儿子并不爱锻炼，也许他根本就顾不上锻炼。他在电脑上听课、看书、做题，最多就是站在阳台上伸伸懒腰，听听窗外的风声，以及不远处建筑工地上传来的打夯声。每天晚上，楼前的小广场上那些跳广场舞的人会如期而至。小广场正对着儿子的书房，儿子经常抱怨说，真是讨厌，他们就不怕冷。我笑笑说，她们持之以恒，为的是自己身体健壮，也不容易啊！

儿子有时候也抱怨，说早知道考研这么艰难，当初就该保研。儿子的话不无道理。儿子常说，别的同学大学里是玩了四年，我是认真苦读四年。大一大二，儿子积极参加学校各种比赛并多次获奖。在学院的学生会当礼仪部长，主持过几次学校的大型节目，大三时就入了党。为了考研，大三时他退出学生会。为了考研，儿子没有参加过公务员考试。他全力以赴就是考研。

有一段时间，儿子报了一个考研辅导班，每天晚上要去附近一个大学里参加网络授课。虽然路不是很远，但走起来就比较远，所以儿子不是骑自行车去，就是我开车送他。有时候为了赶时间，他饭都顾不上吃。很多时候就是泡一包方便面顶一顿。看着儿子心急火燎的样子，我看在眼里，疼在心里。可我们还要工作，有时候也顾不上照料他。这个时候只能自我安慰，这样的日子总会挺过去的啊。

报名确认那天，正好迎来了这年冬天的第一场雪。雪虽然不大，但整个城市遍地铺雪，气温骤降，去现场确认的考生很多，排的队像长龙。儿子让我先回家，可我不忍心离开，跟一些同样陪伴的家长站在旁边等着儿子。后来才知道，那几天全国所有的考研确认点，全是排成了长龙。考研路漫漫，但考研大军逐年壮大，跟我和儿子一样的家长考生，多的是。

考研时间越来越临近，儿子一天天进入更加紧张的学习状态。

有时候，跟他交流几句，说些鼓励的话，他却不爱听。有时候吃饭时间闲聊，说谁谁家的孩子考研了，谁谁家的孩子考了三年终于考上了公务员，谁谁家的孩子当初上的是"三本"也考上了。这样的闲聊，有时候突然就触动了他脆弱的神经，一下子火冒三丈，说给他的压力太大。这样的时候，做父亲的也觉得心里委屈。毕竟，自己并非是想刺激儿子，而是想用事例鼓励他，让他树立信心。

儿子并非是那种不听话的孩子。他之所以很早就决定走考研这条路，应该也是我很早的启蒙教育。我常常教导他，你并不需要急于工作，先考研，研究生出来以后再考公务员，应该是最理想的出路。儿子的想法跟我的基本吻合。所以，从上大学那天起，他就按着这种目标来行进的。也许当初他没有充分考虑到考研会有多大的压力，所以才会出现当前紧张和没有把握的心理状态。我只能三番五次地教导他要沉住气。告诉他，你已经有了一份工作，应该比别的考研者少一些心理压力。可儿子的心理波动却显而易见。我只能继续诱导他，如果你当初就不计划考研，大学四年你完全可以轻松走过来，可你一直以考研来要求自己，在校四年的学习生活过得并不轻松。如果你当初不考研，一开始就准备报考公务员，现在也许已经考上了，也不用毕业后先考了事业单位，再走考研这条路呀。如果现在你改弦更张，是不是有点儿亏？儿子不吭声。他有时候觉得复习没了头绪，一直觉得时间紧迫，不够用。我安慰他说，你觉得不够用，所有考研的同学都跟你一样的状态。要有考上的信心。儿子冷笑，问题是考研这件事，根本就没有把握。

  时间在一天天推进。我能感觉到儿子的紧张和焦虑也在与日俱增。他差不多跟囚禁在家一样，几天不出门。因为手机的事，几次跟儿子发生争吵。我不想让他跟外界联系，不想让他上网，不想让他发手机短信。只有一个担心，就是怕影响他的学习。

  每天晚上，儿子在书房学习，我早早躺下，但并不能入睡，听着他从书房走到客厅去喝水，听着他的脚步声和小声背诵声。儿子的一言一行、一举一动，都牵动着我这个做父亲的心。有时候不说，却心里想得很多。怕他去早睡，又怕他太累。有时候早上起来想早点儿叫醒儿子，却又担心累坏他，想让他多睡一会儿。做父亲的，有时候站在儿子的卧室外徘徊不定，看着墙上的挂钟一分一秒地走过，心里说着，再等会儿叫醒他吧，他实在是太累了啊。一个沉默的父亲，一个等待着结果的父亲，期望他的儿子学习有效率，期望他看书有进展，期望他考试有把握。可怜天下父母心。想当初，为了儿子能走一个像样的大学，费尽心机，东奔西跑。儿子毕业了，却一天也没有轻松。他说，考上现在的工作单位，也相当于给自己一点儿信心，知道自己还行。想想也是，一千三百多人报名，他考在前十名，也不容易。但我告诫儿子，你考的这个事业单位，是跟本区域的考生比，考研是跟全国的考生比。你考研，你报的那个专业也许只有百十号考生，但那是个顶个的强硬对手，都是有备而来，千万不可掉以轻心。这一点，其实儿子心里比我更清楚，否则也不会有这么大的心理压力。

如果只是为了上一个研究生，当初也就保研了，如果随意报考一个学校，凭他的基础和能力，应该也不是多大问题。可是，他想考北京，想考名校。儿子的想法也许没有错。但父子俩都深知，我们定的目标一直都很高，面对的困难和压力自然就更大。目标越高，可能带来的遗憾也会越大。

窗外天寒地冻，室内暖暖的还需要开窗。儿子对着窗外说，过几天还有一个考研冲刺班需要参加。儿子又说，那就是百米冲刺，到了最后关头。

考研真难。历经磨难，苦尽甜来的那天，我最想对儿子说的一句话是：孩子，好好睡一觉。

赏析

文章以父亲对儿子的深情期盼为行文线索，将父亲对儿子的拳拳之心渗透在字里行间。都说父爱如山，深沉含蓄，但在本文中，明明看到的是，丝丝缕缕细致入微的体贴与关爱。可怜天下父母心，父亲的爱，同样令人动容。

谁不羡慕风华绝代青春不衰？谁不希望才华横溢芳华常驻？春兰秋菊，夏荷冬梅，这是大自然赋予季节的美丽芳华；杏花春雨江南，骏马秋风塞北，这是大自然不衰的青春更迭。青年人，只有微笑着，去唱生活的歌，心灵才能青春不衰、芳华永驻。这无疑是父亲给予儿子最大的期望。

作者身怀对儿子成功的期盼，文中大量的心理描写平实感人，像《傅雷家书》中深情的傅雷一样，无悔的教导、不倦的守候，只因考研路有太多的曲折，儿子要面对的考验也是一重又一重。作者想告诉儿子的，也是要告诉无数为梦想而奋斗的青年人：大海如果失去巨浪滔天，就没有令人羡慕的雄浑壮阔；沙漠如果失去飞沙狂舞，就没有叹为观止的沙漠奇观；如果人生是两点一线式的单调，生命也就失去了诱人的魅力。生活中的曲折和磨难，是我们生命历程中一篇篇精彩无限的华美乐章，只有我们微笑着，坦然面对，才会有滋有味。

文章中的景物描写借景抒情，通过季节变换，来衬托作者或喜或悲的情感，给文章增添了无限的韵味。心怀期盼，就这样微笑着，从容地以平常心面对挑战，接受未知，品味奋斗，这应该是青年人成长的必修课吧。

（张金红）

田园已芜我不归

山坳里、圪梁上，眼前的景象是漫山遍野荆棘丛生，荒草枯藤遍地，它们随风摇曳。那些窑洞呢？怎么还没有看得到？父亲说，再往上走走，等上了那个土垭，就到了。咱们的老家土窑，就在那块地里。平平整整的一块地，大着呢！

可是，当我们披荆斩棘走上那块地时，却谁也没有觉得它有多大、多平。它就是山梁半腰的一块山地，已经完全荒芜。紧靠土坡断垣处，三四孔已经坍塌得不成样子的土窑洞前，七倒八歪生长着几棵枣树和山桃树。因为是冬季，光秃秃的枝丫呈半死不活状。半块残缺的青石碾盘依在。一口枯井，被半人高的蒿草虚掩。站在窑前放眼四望，厚重的山梁层峦叠嶂，挡住了远眺的视线。这就是父亲常常挂在嘴边的老家祖屋葫芦把。我曾把祖屋旧址想象成一千种样子，唯独不是眼前这般光景。

在这里，我的祖辈有过物产丰美的季节与年景，有过对逃荒人的施舍；有过变卖家产，携带家眷，辗转他乡的紧迫；有过寻找一片安稳之地过太平岁月的奢望；有过怀揣一个岁月静好的梦，去开辟一个新的休养生息之地的期盼。

我们都因为山路跋涉而疲惫地站在原地喘着粗气的时候，年届八旬的父亲，却兴致勃勃地给我们讲述着他熟知的家族史。父亲说，原来，这里一共住着三户人家，咱家的你爷爷亲弟兄俩，还有你的叔伯爷爷弟兄四个，两个大家族一共弟兄六个，还有一个外姓人家，我们叫他老胡家。老胡家就是后来搬到县城的那家。当时在这里垦荒种地，安家落户，别人都忍饥挨饿的时候，咱这一大家子在这里种的粮食充裕够吃。父亲讲这些的时候，跟我们一起来的那些晚辈后生，没有谁去细听父亲的讲述，而是各自用手机拍照嬉戏，用微信向他们各自的朋友圈儿传递着他们眼前看到的景致。

父亲把我们带到了这里，让我踏入一种茫然不知所措的想象之中。

我一直在企图寻觅我们家族的迁徙脉络。或许，一个人需要一种身份的认同感，才能让你拥有一种安然。可是，面对眼前这个叫葫芦把的地方，我却没有归属感，没有认同感。

大约是在20世纪40年代初，我的祖辈，为了生计，扶老携幼，从一个地方来到了眼前这个地方。然后在这里安身立命地生活了几十年，之后这个家族成员中的一些人又陆续辗转而去。

在这个不起眼的山坳里，在这几孔土窑前，它真的不能给我认同感，不能，有的只是陌生和无所适从。也许若干年后，我的子孙，他们会像我一样，怀揣着跟我一样的心绪来这里寻根觅祖。也许，他们根本就不可能去做这种事情。在我心中，老家是一种心结。也许，若干年后，对我的儿孙们而言，老家仅仅作为一个代名词，平常得可以忽略，根本不存在落叶归根的欢畅与感伤。

在这里，我的祖辈们一定有过无数次的离别和愁绪。可如今，这里的一切都变得无声无息。世间所有的离别都化作一种永远的寂静与落寞。如果有喧闹，那是风吹乱草的声息，那是山鸟的飞落。

对一个家族来说，迁徙，应该算是一种改变命运的伤感经历吧。可能，在生存的本能和生命的执拗面前，它又是那么不经意和理所应当。我的父亲和已经过世的母亲，在他们的青年时代，曾在这个叫葫芦把的地方有过短暂的生活经历。他们不曾给我讲述过他们青春年少时遇到过的艰辛，有的只是那些重复过无数次的记忆碎片，那种对过往生活经历的重提，在回味过往中咀嚼曾经的拥有。

这个家族，始终沿着一条谋生的崎岖小路，怀揣憧憬，永远不停息地往前行进。谋生之旅是一条清晰的脉络，几代人马不停蹄似的迁徙行走，留下的和带走的都延续着各自或通畅或艰辛的路，每走到一个地方，都有过遗失或者说遗留。留下的，不仅仅是几孔土窑、几处石屋，以及一些石磨石碾、猪舍牛栏，更有一个家族中的同胞兄妹。于是，往往会出现这样的情景："老家"不止一个，每一个栖身地都会留下一个或者几个家族成员，然后像原子裂变一样，一分为几，几分为无数。只是，当几处的族人、同代或不同代的族人相见时，面对的除了陌生便是隔膜。多少年不曾谋面，见面后明知是亲戚或者一家，却免不了面面相觑。眼前见到的，不再是当年印象中的玩伴，而是人到中年的冷漠，或者是叫不上姓名捋不清辈分的晚辈。亲情，经不起岁月的侵蚀，经不起分离造成的心的走远。时间打败了人世间的亲情，让后代人要做的，就是倾尽思绪去追溯早已模糊不清的家族迁徙的往事。

我一直不理解为什么会有这样一个名字，弄不清"葫芦把"三个字的来历，是指它的地理形态，还是此地盛产葫芦？父亲说，他小的时候，葫芦秧上了架，结出的葫芦又大又好吃。父亲的讲述总是津津乐道，让我们不得不相信父亲的话的真实性。那个荒芜年代，还有什么食物不好吃呢。味道鲜美中，是不是夹杂着对饥饿的恐惧呢？那么，这地名的由来就是因了这里盛产葫芦了？显然并非如此。我倒是觉得，从地理方位形态特征来观察，这里的地形更像是一个葫芦把的形状呢。谁知道呢，父亲笑笑说，我也不晓得为啥就叫这个名字。

葫芦把，宛如一部现代的《归去来兮辞》，可惜眼前的人，除了我和父亲，他们已经没有了流离失所的感伤，更没有田园归来的陶醉。一个人的内心感受，他人永远无法真正体味。归去来兮，说得轻巧，做得艰难。在我的祖辈们的迁徙征程中，每一处停留的地方，都似一处略做休整的驿站，永远是一种一去不复返的抉择，往前走，再往前走。

　　一只野鸟飞过，惊动了附近一只野兔从荒草中飞奔而去。小孩子们一阵惊呼，似乎这才是让他们心动的景致。而我和父亲，面对着那几孔破得不能再破的土窑，神情恍惚，沉默无语。

　　我跟父亲在几孔窑洞前来回走动着。我弓身进入一孔保存相对完好的窑洞里，父亲赶紧过来阻止我的进入。父亲说，这窑已经不能进去了，危险。我毫不在意地说，这么多年都没有塌掉的破窑洞，怎么会一下子倒塌呢？父亲说，这旧窑洞最容易在下雨多日后倒塌的。我相信了父亲的话，赶紧从窑洞里出来，远远地跟父亲站在窑洞的远处说着话。父亲一直不停地用手里拿着的一根木棍敲打着他跟前的草丛。我问父亲为啥要敲打草丛呢？父亲说，这乱草丛中最容易跑出蛇来的。夏天的时候，这里的蛇多着呢。虽说现在这个季节蛇很少出来，但这草丛里说不定也还会有的。父亲这么一说，我一下子高度紧张起来了。旁边的孩子们估计没有听见父亲的这句话，他们依然在窑洞前草丛中乱跑。

　　想一想，每个人，都有权利在自己的世界里纵横。更多的时候，我们没有时间安静地去思考，没有顾及我们的过往，没有顾上去寻找自己留在逝去的岁月里的影子。

　　对于年长一点儿的人，十年八年不过是眼前溜走的一抹光影。回忆是有气味的，甘甜而妥帖，清新而惆怅。

　　有些地方，对一个家族而言，它就是驿站，是从喧哗走向寂静的一个节点，谁也永远不可能复原它的既往。

　　葫芦把，几十年的过往，时间无涯的荒野里，没有早一步，也没有晚一步，在这个普通得不能再普通的冬日，一个阳光柔弱的下午，我站在了葫芦把，站在了它的面前。我是这片土地曾经的主人的后代，我是这个家族生命链条中的一环。看着这眼前的荒芜和寂静，我在心里自言自语：葫芦把啊，你要老去，我要向前，我在这里与你邂逅，是我们前世的缘，是我们后世的情。别的，似乎再无话可说。葫芦把啊，你不认识从前的我，你就会原谅现在的我。从前慢，往后也慢，时光岁月任流转。

我知道，葫芦把将会消失，也许这就是它的归宿。当我转身而去时，身后似乎听到了一声轻轻的呼唤：你若不来，我怎老去？

还没容我思考，山梁已代我回音：田园已芜，我不忍再归。

赏析

当下很多学生对田园的概念已经很模糊，长辈奋斗的历史大概只会在影视剧中偶有接触。本文深情描绘了一部为了生存而奔波迁徙的家族史。字里行间流露出对岁月的伤痕总是难以忘怀，在那方土地结疤蜕变的时候，清风也难拂去心里的尘埃。阅读此文，如同倾听作者心灵深处对田园的挽歌。

本文多角度多层次写人记事，中间穿插一些细节描写，描写了无数的离愁别绪，马不停蹄的行走，洒落一地希望、一地金黄和一地的落寞。田园风光不再，但天空宁静祥和。面对山谷来风，往事铺展开来：幽静的乡村，现在的孩子却视而不见，网络世界的繁华，已经让田园定格在惨淡的荒芜中。时间无涯的荒野中，故土河畔，一曲追念的歌让人想起往昔断肠的情伤；信手揽过耳畔的清风，散落一地的柔肠；重拾一寸寸断裂的苦痛，怎么也走不出自我的藩篱。文章使用衬托的手法，使田园形象突出。这种写法除了利用反差对比，使主要形象更加鲜明外，还使文章曲折含蓄，独具风格。父辈曾经豪情万丈，而今岁月沧桑。望着荒芜的田园，一丝悲凉盘旋不散，遮挡着艳阳一片。

　　结尾抒发情感，总结感悟：有时想，云翳时有，才不忘晴空难得。逝去的岁月凝固成了不朽的诗篇。不忍再归？岂能不归！但愿孩子们能从荒芜中警醒，把昨日风情抑或明天希冀完全放置心中，感生命无惑，愿岁月长青，在开阔的田园之上，书写一首奋斗的歌，钟情于城市的富饶，也牵挂一方山水，摆渡于江海天地间，经营大地之复兴，岂不快哉?！

（张金红）

家有父母

春节前母亲的身体还好好的，春节一过，突然就感冒了。初五初六两天，我们不在家，只有父母两人住在家里，几次打电话问情况，父亲都说不要紧，吃着药呢。等初七上班，中午回家一看，发现母亲的情况并不是他们说的那样。咳嗽加重，喘气厉害。原来这两天母亲一直是不吃不喝躺在床上的。

我们一下子感觉到情况严重，赶紧把母亲送去了医院。拍片，化验，做CT。医生说母亲肺上有少量积液。医生又说，要是年轻人，就可以确定是肺部炎症，老年人就不能确定。医生建议住院治疗。

母亲一住院，全家总动员。要上班，又要伺候住院的母亲。好在我们兄弟姊妹多，可以轮换。但母亲生病，在病房里不能下床，吃喝拉撒，自然少不了专人伺候。妹妹请了假，专门伺候母亲。只有这个时候，才能感觉到"女儿是父母的小棉袄"这句话是多么贴切。只有在这个时候，才能感觉到"多子多福"这句俗语是多么经典。

母亲在医院里有妹妹看护，父亲在家里就成了问题。平时父亲不做饭，只负责买菜。现在母亲住了医院，我们虽然尽可能两头跑，也保证不了按时给家里的父亲做饭。父亲只会用电饭锅做小米粥，别的饭他还真的没有做过，况且煤气灶也不敢让他用。父亲吃饭成了问题。于是，只好让父亲去了弟弟家。

父母平时身体好，他俩平时给我们做的事情，我们很少留意和在乎。现在母亲一住医院，父亲去了弟弟家，感觉一下子全乱了。家里垃圾堆得老高，菜还得自己去买。原来总埋怨父亲买菜买得多，总是旧菜没有吃完，新菜又买回来了，总嫌父亲一直让我们吃着旧菜。埋怨归埋怨，父亲照旧去买菜。时间久了，也就成一种习惯了。

母亲生病住了院，父亲在弟弟家一刻也没有闲着，他天天往医院跑。我们能感觉到父亲对母亲的那种依赖。从家到医院，走那么远，他也不嫌累。我们都说他，不让他去，他说他能跑得动。父亲是最"吃话"的那种老人，平时我们总是埋怨他。即使现在母亲住院，我们也觉得父亲"碍事"。不让他来医院，他偏要偷偷地往医院跑。

十天过去了，母亲的咳嗽是止住了，感觉肋骨也不怎么疼了，可气喘并没有减轻。尤其是第二次做CT后，发现肺部的积液并没有减少，反而有点儿增加。医生不能确诊病情，建议我们去上一级医院确诊。

于是，赶紧拉上母亲来了市里的医院。专家一看片子，说怀疑是肺栓塞。通过进一步做肺部CT，最终确诊为肺栓塞。医生说，这种病类似脑梗、心梗一类的病，很危险。一再强调不能让母亲活动，得静卧在床，并重新确定治疗方案。

至此，母亲住院已经十二天了。

现在一切从头开始，医院换了，主治医生换了，治疗方案也换了。母亲吸上了氧气。原来我们一直跟母亲说快能出院了，可现在又换了医院，母亲心里怎么想，她没有说，但她能感觉到自己的病并没有好。原来在医院还可以下地，现在连下地医生都不让了，不仅如此，还得吸氧。母亲一开始适应不了，过了三天，她慢慢也不说啥了。我一再交代医生护士，当着母亲的面不要说她病重，可医生护士不理解我们做儿女的用心,偏要当着母亲的面说这种病是怎么怎么可怕的话。好在母亲还算是一个遇事想得开的人。

住在这个医院四五天之后,母亲的病情有了明显好转。半个多月时间,母亲一直没有很好地吃饭,现在慢慢也开始能吃饭了。看着母亲病情的好转,我们揪着的心开始放下来。到了第十天,药量开始减少,母亲的状态也一天比一天好起来。在医院伺候母亲的二姐说,看着娘一天比一天好,受累也值得。

医生说,你母亲过几天就可以出院了。医生的这句话,我们是最爱听的。我们做儿女的盼望着母亲能尽快出院。母亲也天天念叨着要出院,说自己好了。为了证明自己真的好了,她专门走出病房,在楼道里慢慢地走,走到医生办公室门前探头往里看。医生看到了,说老太太你怎么能出来呢,快回病房去。母亲说,大夫,你看我都好了,能出院了。

二十多天里,没有哪天我不去医院看母亲,虽然有时候只是去看一眼,只是在病房站上一小会儿,但感觉只有去医院看看母亲,悬着的心才会放下,跟母亲说上几句话,看看她的精神状态,才会放心。二十多天来,我总是抽出时间,在家里给母亲亲手做饭,开车去给母亲送到医院。我知道母亲喜欢吃我做的饭,喜欢吃我做的大米烩菜、素菜饺子,还有用高压锅做的小米粥。虽然医院有食堂,也有直接送到病房的外卖,但总觉得自己亲手做的饭,母亲喜欢吃。母亲每次吃我送的饭,总是比在医院买的饭吃得多。

有一天,同病房的一个老头儿说,你是个孝顺儿呀,现在你妈病了,你送饭,这比老人百年以后烧纸钱要强一百倍。面对老人的感慨,我笑笑,没有言语。但我看到了同病房的三个病床上的老人都眼里含着泪。

父母健在,不连累儿女,这是做儿女的最大的福气。父母生病了，儿女们自己会感觉到一种劳累。但这种劳累也是做儿女的福气，因为只有这时候，做儿女的，才有了自己给父母尽孝道的机会。那种"子欲养而亲不待"的境遇，其实是做子女最心酸最扎心的过往。

母亲转医院治疗的这些日子，父亲只来过三五次，原来住的医院离家近，父亲可以步行去。现在路远了，父亲想来医院，就得搭我们的车。父亲几次对我说，他可以坐公交车去，他能找得到。我没有答应父亲，父亲也就没有坚持。现在只要听说我们去医院看母亲，他就会早早站在车旁，看车里还能不能挤下他。这个时候的父亲，真的像一个小孩儿。

赏 析

单看题目，就感受到了作者的幸福，带着这种幸福感，我们一起阅读吧。文章开头简而得当，母亲突然病了，一下子把大家的心提了起来，兄弟姐妹齐上阵：妹妹请了假，专门伺候母亲；弟弟负责照顾不会做饭的父亲；"我"则负责给母亲做饭、送饭，日日到医院看望，方可安心。儿女们各自分工照料着住院的母亲和年迈的父亲，儿女们的孝顺让父母欣慰，也引来同病房的三个老人的美慕。就是这种细微平凡的美好，如同话家常一般的平实语言，让我们读来更觉亲切自然。在读故事之余读出作者的情怀，激起了深藏在我们每个人内心的谁也无法抹掉的亲情。

本文"形散而神聚"，其间蕴含着朴素深刻的哲理，例如"父母生病了，儿女们自己会感觉到一种劳累，但这种劳累也是做儿女的福气"。这样的句子值得我们每个人用心去思索、消化，才能达到一定的思想高度。

值得玩味的是文章的结尾："他就会早早站在车旁，看车里还能不能挤下他。这个时候的父亲，真的像一个小孩儿。"轻松荡开一笔又瞬间收尾，让我们与作者产生共鸣，找到各自最需要的朴实干净的能量。

（王丽）

华法令

华法令是一种片剂药。初次听医生说起这种药名，感觉它怪怪的，不像中国人起的名字。后来上网一查，果然它有英文名称，华法令是它的中文名字。华法令属于抗凝药物，是治疗肺栓塞等栓塞类病的主要药物。

母亲出院时，主治医生一再跟我说，你母亲一天只能吃一片华法令。千万要严格按照医嘱用药。一个星期后需要到医院做一次凝血四项检查。

母亲出院后并没有跟我们住在一起。母亲吃药这件事，其实也没有真正放在心上。直到一个星期后测量凝血结果出来，医生说INR值超标，需要马上停药观察三天，我才意识到问题的严重性。

三天以后，再次到医院测量凝血，发现INR值明显下来了。医生看了测量结果后说，目标值是下来了，但又偏低了。可以继续服用华法令，但要减量，由原来的一片改为半片。服用一个星期后再测量凝血。

母亲按医生说的，又服用一个星期后，再次测量凝血。医生看了结果后说，再适当加大药量，由半片增加为一片药的四分之三弱一些。医生看到我对这种用药的过分谨慎感到不解，便跟我解释说，你别看这小小一片药，服用不当，会造成严重的不良后果。轻者，服药没有效果，重者，会出现晕厥、大出血等多种并发症。像你母亲这种情况，服药后目标INR值应维持在1.6—2.5这个范围最好。现在她的测量结果偏低，所以需要在原来的基础上加大一点点用量。

回到母亲住处，我把母亲服用的华法令取出来一片，原来这药片是糖衣片，一粒药也就红小豆那么大点儿。按照医生讲的，我把一片药用小刀切开成两片，再在其中一半上小心切出三分之一。我告诉母亲，以后就吃这么多，半片加这一点点，每天都要坚持这样吃。

母亲很听话，她把我给她用小刀切分出来的药赶紧服下。

几次改变服药剂量，我以为母亲会嫌麻烦，可我发现母亲一点儿也不嫌麻烦。有时候她自己切分药片，多一点，少一点，分得那么认真仔细。而且，她竟把药名也记住了。

母亲问，是不是一直吃华法令，就得每星期抽血化验呀。我说，不用。等化验结果到了正常值范围，就不用了。而且，医生说，只要你身体恢复了，过了三个月以后，就不用再吃药了。

听我这么一说，母亲脸上就有了一丝笑容，一下子就精神了许多。她久久地将小小的药瓶儿拿在自己的手里，她并不是在阅读药瓶上的说明书，那上面的字她也不认识几个，她是在若有所思地思量着什么。过了一会儿，母亲对我说，看来，吃了这一瓶华法令就够了，不用再买了。

我赶紧接话说，对。

我知道，母亲不是不想吃药了，而是她通过吃药多少来判断自己病情的恢复程度。这是一个老人对自己身体健康的一种期许。

赏 析

文章以药品名为题，采用了以小见大、由平凡细微的事例反映重大主题的写法，突出表现对母亲的浓烈的爱，令人震撼。

人在病中，总会想些复杂的事情，尤其是在心情糟糕的时候，但母亲却表现出异常的冷静。她的痛苦不是一天两天了，在这么长的时间里，经常难受，她不忍心看着家人为自己担惊受怕。所以在疼痛稍微缓解的时候，总是做些力所能及的事，有时候即使再疼，也要装作若无其事的样子，因为她不想给自己的亲人增加一些心理负担。这样的爱，厚重、深沉，没有豪言壮语，只有默默地忍受、平静地面对。母亲的伟大，莫过于此吧？

母亲就这样坚持吃药，她希望这种坚持能给自己带来生的希望，给家人带去安宁。现在读起来真是感动，这也许是母亲当时能做的最有价值的一件事了。

病痛未去，生活在继续，愿身在幸福中的人们珍惜拥有，包括每一个健康的人，每一个拥有母亲的人。

（张金红）

愿时光可以倒流

做子女的，年龄再大，在父母面前，永远是长不大的孩子，永远都需要父母的呵护。母亲健在的时候，即使她不说一句话，但她就坐在那里，就在你的眼前，她是一个真真切切的母亲，母亲看着你，你就有一种幸福感，你就会有一种温暖与安定。她是你的主心骨、定心丸。可是，这种感觉，定格在了一个时间节点，2014年6月21日下午3点半，七十九岁的母亲，因肺栓塞，突然离世，离开了她的所有亲人、她的儿女们。

母亲二十岁时与父亲结婚，生育三男三女。母亲个性要强，性格外向，爱说笑，与人为善，与邻居和睦相处，热情待人，乐于助人。村里来了盲人或需要帮助的流浪者，母亲必会热情帮助，端饭送水，宁肯自己和子女们少吃一口，也要帮助别人。母亲年轻时是村里有名的纺织能手、持家好手，以干家务活利索为邻居称道。子女成家立业后，为方便子女工作生活，又毫无怨言地到子女居住地为子女看护孩子，照料生活。母亲识字不多，但能熟记儿女们的车牌号，能一眼识别出子女们的车辆。

母亲七十岁前身体基本保持健康状况，七十岁后因患颈椎病几次入医院治疗，并开始长期服药。去年春天，母亲因患肺栓塞住了一个月的医院。出院后身体逐渐恢复，但不再操持家务，开始真正意义上的安度晚年。

母亲没了，母亲走了，她再也不会坐在你的跟前，跟你唠话，再也不会向你问长问短。她成了一个符号、一个尊称，她成了你口中和心中的一个母亲，成了别人叫"妈"声中的回音，她的一切，都成了儿女们心中的念想。她留给我们的，只有一张她带着笑容的照片。从此，她跟你阴阳相隔，默然相对。

"服三"之后的第一个早晨，那是一个阴雨连绵的早晨，早早醒来，一个人呆坐在客厅，泪水无端地流淌，然后终于遏制不住，放声大哭起来。我知道，我的哭泣、我的悲切，为母亲，也为自己。一个没了妈的儿子，他再也不可能独享一回到家母亲就亲手端上来的一碗热饭和一杯热水了，再也享受不到来自母亲的问候与关怀了，从此就成了一个没妈的儿子了。只有到了这个时候，那句原来并不曾被打动自己的歌词蓦然在脑际响起：没妈的儿子像根草。只有在这个时候，才真正体悟到：什么叫潸然泪下，什么叫失声痛哭。

想着那个星期五下午，下班以后，我去了母亲居住的弟弟家。坐在院子里的母亲看到我来了，就跟我一起回到了她的屋里。母亲坐下后，我听到了母亲重重的喘气声，我问母亲是怎么回事？母亲说不晓得是咋回事。但我一下子想到了母亲去年的病症，我意识到了可能是母亲的肺栓塞犯了。我于是跟母亲一起在药箱中寻找她去年患病后吃过的一种叫华法令的片剂药。可是，我和母亲都没有找到这种药。我当即跟医生打了电话，医生说让母亲明天来医院做个检查，再决定是否服药。跟医生打过电话后，感觉母亲现在的喘气声逐渐小了，于是开始跟母亲闲聊。闲聊中，母亲突然问我一句：你今年多大了？当时觉得纳闷，也觉得好生奇怪。可能，那是母亲将要离开人世时最后对儿子的一种关爱吧。可是，做儿子的，怎么也不会去那么想，做母亲的，她也不晓得第二天就要离开人世。当时从母亲那里离开时，我跟妹妹打了电话，让妹妹第二天亲自再去问问医生。因为第二天我还有要紧的工作要做，我把到医院检查的事交代给了弟弟和妹妹。那天上午，我在乡下调研时，还接到了弟弟的电话，说母亲感觉好些了，不喘了。我没有再说什么。想着下午回去以后再去看看母亲，再去亲自问问她昨天喘气的症状又出现没有。到她的跟前再去看看情况，再观察观察。可是，母亲说没就没了，没有再给儿子留下这种尽孝的机会和可能。

人生没有假如，生命犹如单程车，没有回程路。据说，那天上午母亲还跟往常一样，在院子里走动，中午母亲还自己去厨房盛了自己的饭，端回屋里吃，中午还睡了一会儿，还自个儿去了厕所，还吃了她的治颈椎病的药，然后自己准备好了去住医院的换洗衣服。总之，母亲所做的一切，都是为她住医院治病做的准备。下午两点半我正在回家的路上，我接到了弟弟的电话，说看母亲的状况得去住医院。我从乡下赶回来时，母亲就坐在床边，虽然有些喘气，但总体情况还没有出现大的异常。我没有顾上跟母亲说话，便招呼母亲往医院走。弟弟要背她，母亲不让，母亲在子女们搀扶下走出了院子，这是她人生的最后几步路。她走出了院子，走到大门口，但最终没有能自己走到车上，她的身子开始往下坠。我们赶紧把她抬到车上。母亲不会想到，她走出这个院子后，就再也不可能走着回来了。母亲走出了她生命中的最后一段路，要强的母亲，干练利索的母亲，给儿女们留下的最后印象，还是那么坚强。

到了医院，我们没有让母亲下车，医生从值班室来到母亲坐的车前，打开车门为母亲做了简单的听诊。医生建议直接去母亲上次就诊的医院治疗。就在这个时候，母亲的症状出现了明显恶化。此刻的母亲，她没有出声，但我们感觉到了她正在最后与命运进行着抗争。我们赶紧把母亲拉回了家里。我们都看到母亲的嘴唇嚅动了几下，那是母亲的生命的最后终结。从表面上看，她没有受罪，安详地离去了。

所有的感情都替代不了亲情，所有的亲情都替代不了母亲与儿女之情。母亲没了,就像缺少了支架。母亲走后的那些日子,兄弟姊妹们一下子如散了的珠子,散落在地上,呆坐在母亲生活过的屋子里,感觉一下子空落落的。那些日子,坐下来困乏得想睡,躺在床上却难以入睡。那种感觉,是从来不曾有过的感觉,一种空洞无助的感觉、一种失去主心骨的感觉、一种无所依傍的感觉。

母亲去世后,许多亲朋好友都说,老太太身体那么好,怎么说没就没了呢!前几天还见着她在街上走呢,那天还看见她坐在街边乘凉呢。是呀,那都是昨天的母亲,而不是今天的母亲。母亲已经离我们远去,这是不可更改的事实。母亲去世后,我每天都要抽出时间去弟弟家,去看望我的老父亲。母亲去世后,八十岁的父亲说得最多的一句话是:这人咋说没就没了啊?做子女的,不愿意也不想让母亲离开。我们的父亲,八十岁的父亲,他的感受呢?那天下午我们送母亲去医院的时候,因为车里坐不下更多的人,我们跟任何一次母亲住院一样,没有让父亲一同前往。后来我们开车去了医院,父亲一个人步行也跟着去了医院。母亲离开人世的时候,父亲并不在身边,我们一边给母亲穿衣服,一边赶紧去医院寻找父亲回家。父亲在医院找了个遍,先是找我们的车,然后到病房去问,最后父亲确认母亲没有在医院住下来后,想到的依然是,母亲可能到市里的医院去了。父亲唯一没有想到的是母亲已经离世了。当父亲回到家,看到已经躺在床上安详睡去的母亲,他只是重复着那句话:人怎么说没就没了。母亲临走的时候,没有来得及跟亲人们交代一句话,一句也没有。母亲平时说过,我要是哪天走了,你们姊妹几个都能过,我没有啥牵挂的。母亲年轻时爱说话的性格,到老年以后,开始变得少言寡语,她从不干涉子女的家事,成为一个坐享清福的幸福老人。

母亲离开了我们,走得那么紧迫。我们无法接受这种现实。干脆利索的母亲,在人生的尽头,都不肯拖累她的儿女们。哪怕让儿女们守在身边，伺候她十天八天，以至一天两天都成。可是，母亲就是没有那样做，她留给儿子的最后一句话，竟是头一天闲聊时说的那句，也是她平时跟我说得最多的一句话：你安心工作吧，我没事。

　　作为儿女，多么愿时光可以倒流！让那个年轻时爱说爱笑的母亲回到人世，让那个老年后沉默寡言的母亲回到我们身边，让所有的儿女都能够永远偎依在母亲的身边，享受做儿女的幸福！

　　那该多好，可是不能！

赏析

　　如果时光可以倒流，我们多么希望生命可以永恒，陪伴可以长久，记忆永不褪色。但生命如一泓清水，曾经以为这个世界像我们想象的一样清澈，便一头扎进去，却发现所到之处竟然是，有清流、浊流，有暗流、激流，我们常常不由自主被裹挟着向前流动，或平缓，或湍急，尽管有许多痛苦和迷茫，流向什么地方，连我们自己都不知道，就像母亲的突然离世，给作者带来的巨大痛苦与遗憾。

　　作者饱含浓郁的情感，将母亲勤劳、善良、自立、自强的一生徐徐道来，一位坚强的母亲，她就是病重，也努力去勇敢面对所有，不想给儿女找一点麻烦。母亲用年老的生命向我们诠释，生命如一泓清水，需要奔腾，需要流动。她生前点点滴滴的凡人琐事，都将成为我们记忆中的珍宝。往后余生，让我们打开心灵的堤坝，将母亲赋予的生命融入溪流，汇入大江，奔腾入海。也许我们会变得浑浊，也许我们会被暗礁撞得遍体鳞伤，但我们的生命将奔腾不息，变成大海不可分割的一部分，在浩荡之中再次变得清澈，变得博大，变得宽阔无边。在阳光的照耀下，我们的生命将会进一步提升，我们可以变为天上的云彩，在天空中自由飘荡，也可以化作雨露，给干涸的土地以绿色的希望。纪念母亲最好的方式，就是给她赋予我们的生命以更多的意义。

作者在质朴的文字中将"子欲养而亲不待"的伤痛，浓烈地宣泄出来。文章采用的通俗方式，易于表达作者的思想情感，增强文章的抒情性和亲切感，便于感情交流，能拉近读者与文本的距离。那份强烈的思念之情令人潸然泪下，也能激发读者深入思考。

时光不能倒流，愿老人安息，愿黑暗仁厚的地母，永安她的魂灵！

（张金红）

秋天的思绪

岳父星期六上午病情突然加重，等我们赶到的时候他已处于深度昏迷的状态。后来虽经乡村医生实施紧急抢救，但他依然没有能从昏迷中醒来。我们无奈地守候在他的身边，倾听着他已经不连续的呼吸，直到那种呼吸听不到摸不着。一个乡村智者，走完了他六十七岁的人生旅程。

岳父临终前表现得出奇平静，这让我们怎么也不曾想到。岳父是一个性格暴躁的人，我们都以为他临终的时候暴躁的性格一定会显现出来，甚至想象到了那个时刻他会怎样地痛苦万分。可谁也没料到，他会在子女们意想不到的时候突然病情加重，然后很快平静地离去。

岳父于两年前被查出患有胃癌，经多方求证，最终确定不做手术，而是采用腿部肌肉注射针剂的方式来对他的病情进行遏制。不做手术，只进行针剂和药物治疗，这样维持了整整两年的时间。相比做手术，他受到的创伤和痛苦相对要少得多。两年时间，他可以说是在时刻与病魔做斗争中度过了他的每一天。从一个健康的人，到发现自己身体的异常，到去医院做检查，到最后确诊，以至于后来的治疗，他经历了病痛的折磨，也经历了内心的痛苦。

春节的时候，我们去看他，他的身体已经消瘦得非常厉害了，说话有气无力，不断地唉声叹气，疾病的痛苦让曾经坚强的他变得看起来那么软弱无助。吃的饭也不怎么多，但他坚持要吃。一桌子菜，他每一道菜都要努力地去吃一口。有些菜是子女为他夹进碗里的，一些不适宜他吃的菜，没有人给他夹，他就会提出来，或者艰难地站起身，自己去夹上一点点，然后放进自己的碗里或者直接放进自己的嘴里。虽然知道一些菜已经不适合他的胃了，但这个时候没有人再去阻止他了。鸡块、排骨之类的，他也要试着吃一口，然后艰难地咽下去。更让人不理解的是，他还要主动去给自己倒一杯酒，虽然是一小杯。他把那个酒杯端起来，把酒杯放到嘴边，然后慢慢地将酒杯往嘴里倾斜。其实，他的那杯酒还没有喝完，就因为一阵咳嗽阻止了他继续喝下去的可能，然后看到他的杯子移开嘴唇，但并没有放下。等咳嗽完了，他依然没有放下酒杯，而是坐下来，端在手里，停在空中，另一只手夹上一口菜，放进嘴里。一个外孙伸手去接他停在空中的酒杯，他也没有放开。其实，他既想把这杯酒喝下去，又担心他的病情。一个病人，一个惧怕死亡的病人，应该吃什么，不应该吃什么，该不该把酒喝下去，他比别人更敏感。但这样的场景下，一个六十多岁的老人，一个患了不治之症的老人，他就像一个小孩子一样，他的倔强在这样的时刻表现得淋漓尽致。至于他的内心是怎么想的，只有他最清楚。他喝酒吃肉的意义已经不仅仅是喝酒吃肉本身了，他是在与自己较量，与病情较量，与屈指可数的有限生命较量。人生当抗争，更应该享受生命中的每一种快乐。对岳父来说，能再一次喝酒吃肉就是他的一种享受。只是，当在场的每一个人看着他吃肉喝酒的时候，没有谁不对他的这种行为产生一种于心不忍的感觉。看着他把不应该吃的肉艰难地吃下去的时候，我们比他还难受。与其说他是在吃肉，不如说是在与自己的病情抗争，与命运决斗。那些不应该再让他吃下去的食物，可能已经作为他内心的战利品了。这样想着的时候，我们就看到每当他吃下去一些食物的时候，一种欣慰的表情油然而生。但这种欣慰在他的脸上表现得非常短促，大部分时间里，他的表情是愁苦的。他一直在愁他的病，一直在猜测他到底还能活多久。他一定是这样想了，因为他曾反复地去问每一个到他身边的人，他究竟还能活多久。能活着，是他的一种期待，能活着是他的一种胜利。

没有谁愿意去死。死是一件令人恐惧的事情。可生了病的岳父一直在忍受着病痛的巨大折磨。我们能感觉到他的病痛，他总是不停地呻吟，就像一个孩子有意哭闹想得到母亲的特别关怀一样。岳父生病以后，最明显的表现就是希望每一个儿女都能守在他的身旁。他总是禁不住向每一位在外工作的女儿打电话求援，期望女儿们都能来照料他。岳父本来脾气就不怎么好，加上病痛的折磨，所以他总是频繁地向身边的亲人发脾气，表现出烦躁不安的神情，然后向家人提出一些常态下不容易理解的要求。作为一个病人，他的要求大部分会付诸实现。以至于他临终前一个星期，提出来想要一部手机的时候，三女儿给他买下了一部新手机，其实，他身边就有固定电话，可他提出来了，女儿们就满足了他。当他提出来不想总是待在家里，想走出家门去国道边看看风景的时候，二女儿很快给他送来一副轮椅。我们去开封的时候给他买下一根龙头拐杖。这根龙头拐杖不是他提出来的，是子女的一片心意。这根拐杖的内芯是一把锋利的剑，抽出来是剑，插进去就是拐杖了。送给岳父的时候，他爱不释手，经常取出来细细地观赏把玩，女儿劝他说是故去以后用的陪葬品，他不高兴地说，他想活着的时候就用上它。

岳父是一个精细人。在他生前就已经为自己准备下许多过世后需要用的东西。那些本应该活着的人去准备的，他生前就已经准备下了。在他故去后，打开他的抽屉，发现了他已经准备好的参加葬礼的人的名单。应该叫哪个村子的哪家亲戚，应该通知村里的哪些人家，他都详细地写在了纸上。甚至灵堂应该摆哪些用的，他也都准备上了。

岳父一生脾气倔强，说一不二。年轻的时候在村里当过村干部，据说当过村里的民兵连长、调解主任。后来年龄大了，他也就不在村里任职了。据他后来说是看不惯村干部的一些做派。其实，他是一个不适合做配角的人。当然，这样的性格，当了主角也一样不能让别人接受。听说他做村里的调解主任的时候，帮一些人家协调矛盾纠纷，做得相当到位，一般都能及时化解矛盾，让当事人心服口服。偶尔也有当事人不服调解的时候，他就会对当事人臭骂一通。他的话有时候让人难以接受，但村里的人还挺佩服他。因为他是一个讲道理的人，注重客观和公平的人。有着这样性格的一个人，人们在心里是很服他的。后来在他生病期间，村里的人都纷纷来看望他。

细想想，岳父这一生总体上算是一个有福气之人，尤其在他生病以后，子女们的孝顺和关爱，让他在人生的最后阶段感受到了一个多子女家庭的幸福所在。我看到为他准备的棺木上缀有"花香水果茶灯宝珠食衣"十个字，那个绘画工匠解释说，这十个字，包括了人世间的所有供品。我细细想了想，他说的不无道理。

岳父去世以后的几天里，正赶上阴雨连绵，通往家里的路被雨水冲得泥泞不堪。岳父出殡的时候，雨依然没有停下来，人们是踏着泥泞小路把岳父送到坟地的。人们就说，这是"拖泥孝"，好！

其实，阴雨天气也好，晴好天气也罢，天气只是自然现象。至于天气与某个人的关系，那应该是人们的一种臆想罢了。

人的一生，就似那泥泞的路，艰难地行走，造就一个人的坚韧，也让活着的人感悟到人生的不易，应该对所拥有的东西倍加珍惜。

赏 析

大地与久经沧桑的岳父一样，多了些沉稳，多了些厚重，无论风吹雨打，无论雪花飘舞，都能执着而明朗地与山川一道，成为这个季节最努力前行的抗争者。作者回忆了岳父与病魔抗争、和死神搏击的历程，也将他对生死的态度以及做人的风骨，展现在读者面前，一个倔强精细的老人的形象，跃然纸上。

文章以叙述和抒情为主要表达手段，叙述多是日常生活中较为平淡的人事，但主旨却隐含其间。年老的生命，无论清与浊，都会在流动的漩涡中，展展身姿，历经河流、山川，都会迎着风来的方向，把一生最真诚的希冀与祝福，一齐捎带给远方，想要把最美的风景呈现给大山。岳父在病痛的折磨中，努力挣扎着，扬起生命的风帆。就这样在无数次磨砺与质疑中，他成为这片风景中弱小的一个过客，化为这个时代渺小的一员，消逝在远方的尘埃里。

记写岳父，却犹如把我们带入一个质朴的乡村，远处连绵不绝的群山尽收眼底，山顶反而成了我们脚下坑洼不平的小世界，似乎随手一捏，就能将它们抓在掌心。他想活下去的强烈意念，就像这沉重的土地，虽说没有绿意葱葱，但是偶尔探出地面的嫩芽已经有些迫不及待，与一排排茁壮的杨树形成一幅寓意深远的图画。静下心来，想想远处的山、身旁的绿，还有洋溢在身旁的微冷的风，不由得感到生命的神奇和博大。岳父远去了，但他的故事留给我们的思考却绵绵不断：只有静立生命的长河中，与生命对话，才能体验到生命的真谛，进而感谢生命，敬畏生命，珍视生命。

愿生命的花朵开遍大地的每个角落，娇艳神奇，孕育生命的传奇。

（张金红）

一棵扯在别人家地里的秧

母亲突然辞世，在全家悲痛之中，我问父亲，要不要跟四川的小二儿说一声？父亲思虑良久没有回答我的问话。估计父亲有点作难。想起母亲生前曾经在闲谈中多次交代：等我百年以后，就不要告诉小二儿了。然后又说，他回来不回来，由他吧。倘若他有点儿情义，到坟头烧一把纸，也算是他尽孝了。一个母亲，说这样的话，要经历怎样的心路历程？

对于要不要告诉这个被我们全家人称作小二儿的弟弟，我内心也无比纠结。但思虑再三，我还是给他发了一条短信。谁知我那个弟弟却很快回了这么一句话：我倒是想回去，就怕回去了难免四川的爸爸说我，嫌弃我。他所说的"爸爸"，就是我的亲姑父。在他心底，叫忠孝不能两全。对养父母的"忠"，和对生身父母的"孝"是割裂的。姑姑多年前已作古，姑父是八十多岁高龄的老人，姑父几年前曾来过山西，在我们家住过一个多月。在我的印象中，姑父是一个不爱多说话，不爱讨人便宜，也不怎么大方的那类老人。凭我对这个姑父的理解，如果小二儿能回来一趟，他绝对不会对小二儿有任何埋怨的。可是，我的这个弟弟，他偏偏找出了这么一个不是理由的理由予以拒绝。

当年小二儿被送到姑姑家的时候，他只有六岁。一个六岁的孩子，对故乡是没有概念的。弟弟走的时候还没有上学，听说后来他学习也不怎么好。据说他一直有一种与生俱来的脆弱与敏感，也一直未能得到很好的理解。一个人，内心的脆弱和孤独，对生身父母的一种天然抵触，也许从他六岁离开家的时候就已经埋下了一粒种子，然后经历许多年的自我培植，已经根深蒂固地扎根在他的内心深处了。

那一年春天，小二儿不知从谁家弄来的葫芦籽，用他细嫩的手指一颗一颗地塞进老家西房檐下的小地堰儿里，等父亲准备往里面栽种南瓜子的时候，发现小地堰儿里挤出了无数棵葫芦苗。父亲舍不得拔掉，就没有再栽种别的，把这些嫩苗给留了下来。我一直在想，也许父亲决定留下弟弟用小手种进小地堰儿的葫芦苗，还有一个重要因素就是这个春天，小二儿被送往了四川的姑姑家。

那一年，由小二儿亲手栽种的葫芦长得格外好。秧苗经父亲搭架子拉扯长到了高高的瓦房上，结出了无数个硕大无比的葫芦，炒出的葫芦菜特别香脆可口。自那一年起，家里溜墙的小地堰里每年都要种植为数不少的葫芦。但唯独那一年长势特别好，收成特别高。母亲拿着家里吃都吃不完的葫芦给街坊邻居送不停。多少年后，我还记得母亲挂在嘴边的一句话：我家小二儿也吃不上他亲手种的葫芦呀。听母亲这样说的时候，我就想，那该是弟弟唯一对自己亲生父母的牵挂和报答吧。

之后的日子里，小二儿也不是没有跟家里联系过，但只要他主动跟家里联系，肯定是他有事相求的时候。记得他在武汉当兵的时候，他给家里写信说要在部队学开汽车，老家的亲戚得知这一消息后，一起凑了一些钱由父亲寄到他所在的部队。后来他从部队转业后，分配到一个企业当了工人。不久，他写信说，想要自己买一辆大卡车雇司机跑运输，家里的亲戚又凑了一笔数目不小的钱寄过去。我结婚那年，他得知后突然回到山西参加我的婚礼。临走时，亲友又给他凑了一笔钱。其中还把我结婚当天亲戚给我们的拜礼钱也全部塞给了他。但他这次走后，便杳无音信了。

我一直不能真正理解我的这个弟弟，那个被我们称作小二儿的弟弟的真实心理状态。也许他一直在饱受着那种寄人篱下的孤独吧。其实，他完全不同于那些从小被送给人家的孩子。对他来说，两边都是亲人。也许，一个人的孤独，是一种与生俱来的心灵的孤独。一个人的自私与偏执，也许同样与生俱来。我一直不能真正理解这个一母同胞的弟弟，这个小二儿，他在索取时的天经地义和得到时的心安理得。父母决定把他送出去时，并非是出于一种无奈，而是奶奶的提议。在那个时代，一个也是养，三五八个也是养，根本不存在弃之不养的嫌疑。我的奶奶，当时就长期在姑姑家居住。我的那个一生总是享福的祖母，也许因为她拥有一男四女，所以她对父亲这个唯一的男丁尤其偏爱，时时处处关照她唯一的儿子。为了减轻儿子的负担，写信催促从我们兄妹几个人中遴选一个孩子送到四川姑姑家养着。姑姑家也有一男一女，但为便于户口迁移，只能以改名换姓的方式以他们儿子的身份把户口转在他们家户口本上。当时，我们家已经有了三个男孩子，按老家习惯，长子不能去，小的太小，选择第二个儿子应该是顺理成章。小二儿理所应当就被送往姑姑家养着了。小二儿去姑姑家，自然没有把他当外人待。小时候像亲生儿女一样宠着他，长大了凭姑父的背景当兵是再简单不过的事，退伍转业分配工作，一生无坎坷。相比留在老家的兄弟姐妹，他过着一种养尊处优的生活，也形成了孤独和狭隘的性格。在我记忆里，在他打过来的为数不多的电话里，总是要强调"我是偷着打来的"。这样的话，从他十几岁一直到他结婚成家以后，一直都没有改变。我们慢慢从同情变为一种怀疑，再到一种漠视。他的养父母，我们的姑姑、姑父，绝不会是这种教子之法。一个人，自私也许与生俱来。他的那个哥哥，大学毕业后被分配在离家很远的另一个县里工作，一直不曾与姑父一家住在一起，倒是这个小二儿一直跟着他们住在一起，怎么就生分了呢。

小二儿被送走以后，母亲曾让一个"瞎先生"算了一卦，那先生说，你这个儿子，是拉扯在了别人地里的一棵秧苗，在秧苗上结了一个瓜，虽然是结在同一棵秧上，但扯到了别人的地里，就不是你们家的了，将来也得不了他的济。据说母亲听了先生这句话后，先是滴下几滴热泪，然后用衣袖擦拭，笑了笑。我曾不止一次听到母亲重复这个故事，我一直觉得母亲用"瞎先生"的这句话来慰藉她内心的失落，以此来稀释她对一个亲生儿子的念想。一个母亲对儿子的思念，年复一年，日复一日，渐行渐远，渐走渐淡。

试想一种亲情，是一种相互的牵挂与期盼，一种相互的给予与交换。血与肉，灵与肉，血脉相连，还要有彼此的赠予，不仅仅是物质的，更多的是精神的。

时间是亲情的敌人，距离也是亲情的敌人。

童年没有了父爱母爱，他必定要找到不爱或者不该爱的理由，然后为他的行为找到合理的注脚。他不回来，就可以找到一千条理由，但唯独这一条理由不成立，也不令人信服。

我那个远在四川的表弟，辗转从小二儿那里得知母亲去世的消息后，还及时发来短信表示慰问，并一再让我给他一个账号，要表示一下心意。我谢绝了这个未曾谋面的表弟的心意。我心里想，这要是那个小时候调皮捣蛋、聪明伶俐的小二儿打过来的多好。可是，他没有。

从一棵藤上结出的瓜，即使秧苗扯在了别人的地里，它也终究还是结在这棵藤上的一个瓜，它毕竟吸收了同一片土壤里的养分呢。

小二儿不识家，只是他不知礼。俗话说，失礼问诸野。小二儿没去问，所以他不知道这些道理。

多少年以后，我常常想起跟着父亲去镇上粮站籴粮的情景。父亲用手推车推着上百斤的粮食，换成全国粮票，然后寄到四川姑姑家。

那曾是我们家从牙缝里节省的粮食。那个年代，谁家也不曾有余粮。在父母身边的孩子没有享受到的，让远在几千里之外的小二儿一家享用。虽然姑父是部队里的团级干部，但那时候估计也不宽裕，否则父亲不会把自家的粮食粜出去换粮票。可惜这样的场景，那个远在他乡的小二儿不知道，也体味不到生身父母的用心。他唯一耿耿于怀的，是他从小被父母送出去了。但这一定不是他幼小心灵里的真实想法。记得我的另外两位姑姑曾说过，那时候她们到四川串亲戚，问及在姑姑家的小二儿愿不愿意跟她们一同回老家？小二儿的头摇成拨浪鼓，并坚定地回答：我可不回老家。以我姑姑家的生活条件，小二儿的童年生活应该是幸福的。

　　有时候常想，若地下的母亲有知，会不会依然牵挂那个调皮的小二儿？继而又想，几千里之外的小二儿，是否会蓦然想起生养他的父母？是不是真的意识到，他的亲生母亲将永远见不到了？世上最牵挂他最待见他的那个母亲，已经与他阴阳相隔。小二儿会不会在某一天突然有所醒悟：子欲养而亲不待。

　　母亲走得急，没有听到她最后说的话。但我深知，一个母亲，绝不会不思念她的每一个子女！无论这个子女争不争气，生活得有没有脸面、有没有本事，都会念想。

　　小二儿少小离家，不谙世事，不明就里，没有机会与他沟通。从这个角度去理解小二儿，他确实值得怜悯。他生活中也许不缺少物质的享用，却缺少父母的疼爱。在他年少的经历中，也许自卑和"另心"占据了他的内心。他没有身边那位哥哥优秀，哥哥考上了大学，他当兵入伍，是因为成绩不优异。我听说我的那位姑姑宽厚待人，却是一个嘴不好的人，爱叨唠。小二儿也许就从每天被叨唠的生活里，慢慢生出一种自卑来，继而把这种委屈归咎于小时候被送人。也许是一种内心的惧怕，却没有人提醒他、教导他。他小时候不曾主动与老家父母联系过，一直到长大成人有求于家人时才开始联系，而这个时候，他的内心积怨已经很深。他的生活里，有水有肥有阳光，缺少的是那些叫爱叫温暖的微量元素，造成了他的畸形心理。

我一直在想，我们兄弟姐妹当中，最应该成就事业、展露才华的，应该就是这个条件相对优越的小二儿，他具有得天独厚的可以茁壮成长的土壤。可是，多少年后，我们兄弟姐妹几人相依相伴前行，唯独这个小二儿，虽然非独行，却有可能是在内心深处是形单影只的。他有的只是自卑和委屈，一种无法言说的失落和无助。这种心理陪伴了他多半生，并将一如既往地伴随他。我们没有去包容他的过错，却一直以各自的理解去诠释他的一言一行。我们已经从内心疏远了他，把他推向了一个孤单的阵营，而他一直在自我封闭的堡垒里挣扎。他不曾记住儿时的贫困，也不曾想起儿时的快乐，这些都与他无关。他的内心融入了一种无法排解的孤寂，他左冲右突，却又无能为力。也许，他想真正融入家庭，可又无法办到。以他的心智，以他对人世浅陋的、粗粝而偏执的理解，似乎老家的父母以及兄弟姐妹都不再是他可以倾诉的对象了。

我对小二儿的顽皮的印象并不深刻，唯一记忆深刻的是那些邻居经常当众夸奖这个顽皮小二儿，说这个小二儿聪明伶俐，日后必成大器。记得他们说，小时候顽皮的孩子，长大后必成大器。我依稀记得小二儿不知从谁家弄来了一包葫芦籽，让我帮他一起用手指一颗一颗地塞进老家院子小地堰儿的那些细节。

每次回到老家祖屋，看着那个似曾相识的四合院，那些已经不存在的小地堰儿，那些曾经拉扯到房坡上的葫芦秧上结满葫芦的情景，都成了过往烟云。我的儿时记忆停留在四十多年前，小二儿的音容笑貌也停留在四十多年前，总感觉他小时候的模样才是他真正的模样。记得母亲也曾多次跟我闲聊时说，真是奇怪得很，对小二儿只有清醒时的念想，小二儿从来没有入过梦。这真是一件怪事吗？母亲是在安然平静中离世的。头天下午，我跟母亲闲坐了好久，她跟我说了许多话。第二天中午，她吃了饭，把自己的碗筷亲自送到了厨房，然后她亲自收拾好衣物，在去医院路上突然仙逝。她没有遗憾，她曾不止一次说，这辈子我十分满足，儿女都成家，该吃的吃过了，该喝的也喝过了，没有啥遗憾的。母亲真的是带着满足去了。她没有留下半句关于小二儿的叮嘱，也没有叮嘱我们兄弟姐妹任何一句话。

母亲去世后的第二年清明节前，父亲提出回老家坟上给祖父立碑。在刻碑文时，在对小二儿该不该刻下名字的讨论中，我征询父亲的意见时，父亲没加思索地说了句话：小二儿改了姓，随了你姑父家的姓，他不随咱的姓，不能上碑。这时候，有人重提母亲去世时小二儿不曾回来这件事。最终，碑文里没有小二儿及其妻儿。我对父亲解释，这是以父亲名义刻的祖父碑文。我不知道父亲听懂我这句话的含义没有，也不曾探及父亲对刻碑这件事真正的内心想法。母亲去世后，父亲变得尤其敏感和脆弱，怕提及这件事对父亲造成伤害。我的弟弟妹妹因为对这个远在他乡的哥哥没有任何印象，他们是坚决反对者。

小二儿的童年一分为二，六岁之前的记忆一定会有，儿时的贫穷是构不成记忆的。我就一直不曾记得儿时家里有多贫穷，只有那些儿时玩伴们捉迷藏，打猪草上学的记忆。但这一切构不成痛苦，构不成磨难，更谈不上童年阴影一类的灰色记忆。他在四川的童年应该是不愁吃不愁穿、不用劳动的童年。姑父是团级干部，小二儿与那里的姐姐哥哥一样过着无忧无虑的日子。如果有大人的责备训诫，那一定是因为他天生顽皮的禀性，调皮捣蛋的结果。但姑姑对侄儿的爱，那应该也是呵护有加吧。

童年没有任何灰色的生活环境，却造就他的内心孤独。少有的几次跟他电话聊天，他那种纯四川口音的难懂，拉大了我们之间的距离。

小二儿那个短信，我曾念给了父亲，念给了我们兄妹几个。他们都说，小二儿真是另心了。不回来就不回来吧，还找理由。偏偏这理由很勉强，也很生冷。

有一天，我做了一个奇怪的梦。梦里，在母亲的墓地里，长出了一棵葫芦秧，好长好长，一直拉扯到了坟地的上一块地岸上。我和弟弟准备去把它拉回母亲的坟地里，这时候被母亲制止了，母亲说，你们就别动它了，让它漫长吧，千万别把秧苗给折断了。母亲又说，小二儿从小离家，他的内心一定也孤，你们兄弟姊妹们就多担待他一些吧。醒了才知是一个梦。

母亲已故，身后事她自然不知。她若地下有知，应该不会怪罪小二儿吧。我们对小二儿的看法儿，自然不会告诉小二儿，他当然也不会晓得。小二儿的内心究竟怎么个心思，我们也只是揣测。但以一个母亲的宽容，母亲一定不会怪罪小二儿的。终会有一天，小二儿会回来。他会走到母亲的坟头，看一看母亲的。我想一定会的。

赏析

文章题目很别致、新颖，给读者许多想象的空间，极大地激发了阅读的兴趣。文字朴实无华，对同胞兄弟的复杂情感，溢于言表。

回首远望，孩提时的期待与纯真始终陪伴我们成长，即使风起云涌，我们也不会忘记与小二儿曾经共度的精彩瞬间。逝水流年，过去的林林总总，有些随风而逝，有些只在心底留下些微尘，只有那一直深深地潜藏于内心的真诚与纯真永远停留在脑际，令人回味，让疲惫的心灵得以慰藉。就似小二儿种下的硕大无比的葫芦，伴随岁月的流逝，却永远地停留在亲人的记忆深处，温暖地、幸福地思念牵挂的日子。

无论孩子去向何方，无论春夏秋冬，无论富裕困顿，在他失意或苦闷的时候，父母的关爱始终如影随形，都在小二儿的日历上盘桓逗留。但时空隔离了小二儿孩童时曾经拥有的天真、无邪，他脆弱的心灵再也容不下昔日的亲情，即使血浓于水，他依然冷漠。现在想来，被送走的孩子，情感的扭曲，或许是最好的解释。物质条件的富足，难以弥补远离亲人的温暖，或者，他的冷漠是对当年被放弃的回应。尽管父母、兄弟姐妹曾经尝试各种补偿，但情感的裂痕，不会因时间的消逝而愈合。

也许这就是人们常说的缘分吧，有缘分的人总是在机缘到来的时候有脱胎换骨的转变，反之，也只能徒留遗憾。扯在别人地里的秧，虽同源但不同气，如淮南淮北之橘、之枳，虽也感受过孕育的期望、追求，终究是留下了难以逾越的隔膜。这不也是一种缘分的体现吗？分离造就了迥异，胸怀促成了境界，遗憾令我们深思，这也是生命的一种常态吧。

（张金红）

无 题

> 一个人就是一个人，不会是两个人。但时间长了，自己就分成两个人，在自己之间开始对话。
>
> ——尼采

A 面

美好的心境总是不期而遇。一个美好的日子来临，总会有一种说不出的感觉在心里酝酿，也许因为有了几多幻想、几多期盼，连从遮挡阳光的手指缝儿溜进来的光线都感觉它那么调皮。这种心境不可言传，却就在心底荡漾。是不是世间真有画饼充饥、望梅止渴的痴人？也许没有，要有，也不多吧。

B 面

一个看透生活依然热爱生活的人，一准儿是一个幸福的人。

每一个人的内心都是一片圣洁的湖，一片自我满足的湖。情感是流动的河，从湖水里溢出来的是涓涓细流，它是一个人情绪的流动，在内心流淌不止。

很小的时候，看到过一种景象永远记忆犹新。那些搓绳子的人，他们把绳子搓长，而他们自己却越来越往后退，一直退到很远很远的地方去。

爱就是那根绳子，相爱的人是那些搓绳子的人。

A面

夜色与雪色之间应该是绝色。这个冬天已足够温暖。心里总在幻想拥有一份温暖，或许对自己而言只是一份美好的愿景而已。在内心多了一份美好期许的同时，也就多了一份坚定与从容。

冰冷的夜，雪花依然在飘落。一个人行走在大街上，觉得冬天虽冷冽，却格外清纯。如若有一条道能一直走下去该多好！就这样，一路走，心中有爱有温暖一路相随。戴上连着棉衣的帽子，将厚实的围巾在脖子上缠绕两圈儿，只露一双眼睛能看见这个世界即可。往前走，心里总有一个身影，迎面而来的陌生人也想传递给她一个善意的微笑。不知为何，蓦然觉得这个世界蕴含着许许多多的美好，也许对面的人根本就看不清楚你是谁，只觉得好像在哪里见过，但自己却蓦然觉得把一些善意一些温暖传递给了对方。想一想，就觉得这种善意和暖意被折射回了自己身上和心里。于是，暖意浓浓，心情爽爽。

这个世界每天被自己在内心予以毁灭与重建。人亦如此，该走的路一定会走，该发生的事一定会发生。如此的念想一直慰藉与温暖着内心的躁动，和这个冰凉而充满温情的冬天。

B面

与久违的朋友一起团聚，是一种历久弥新的欢悦。突然觉得手中的杯子里，不再是满满的酒，而是盛满了一张张笑脸。

生命中最华丽的绽放与尊严永远沉淀在匆忙的岁月里，回首，挥手，永不再现。期待掺入着念想，回想未免遗憾，幸好，今天还能补回过往，可以把日子活成一首诗，或隐晦，或艰难，或忧伤，或温暖。有爱恋，日子就会变成了一首歌，长长短短，即便终老，也有一生写不完享不尽的眷恋。

于是，喝高了，头有些晕晕的，可分明觉得内心是无比快乐的，是温暖和幸福的。这也许是一种来自内心的感受，可此刻唯一确定的，是人生轮回中，遇见了生命中宛若昨日的温暖，仿佛蓦然间拥有了所有的怀想。因为高兴，于是不可抵制地兴奋着，也不可推辞地喝下一杯又一杯。第一次知道，原来人在情绪低落和情绪高涨的时候都可以大口大口地喝酒。在欢愉与消沉中，与他人对饮，与往事干杯！

A 面

从白天到黑夜，从黑夜再到白天，退去白天的喧哗，夜的寂静里往往只有孤独无援。爱可以死灰复燃吗？恍若隔世，又如此真切。遇到这样的日子，也许也是一种幸福。可以让自己忘却一些冰冷与残酷，可以使自己变得坚强与果敢。

一个人的世界里需要盛放许多的温暖，不愉快的东西盛放不下，也就不放了。这样的夜晚，这样的时候，只能如此念想。

此刻，只能听到客厅里鱼缸中的水和那些不知疲倦的金鱼在永不停息地欢唱。突然觉得它们好快活好自由散漫，好值得艳羡！

B 面

一个人的灵魂宁静而清明，就像寂静的群山。

男人的孤独和爱总是被围裹着，抽象而不透明，不像女人，她的孤独和她的爱恋一样，总是敞亮着，照亮自己，也照亮别人，消磨自己，也消磨别人。

　　当一只手伸向另一只手时，总会遇到对方适时地抽回那只想要伸出的手。伸手时迟疑不决，抽手时也迟疑不决。伸出的那只手颤抖着，哆嗦着，并非是胆怯。抽回的那只手同样颤抖着，哆嗦着，并非是退却。

　　爱是决斗，爱是彷徨，爱是挣扎，爱是勇敢者的前行，爱是懦弱者的退却。爱是一场盛宴，爱是一场磨难，到最终，要么共融，要么共亡。

　　爱意在荒寂的空域里永不停息地盘旋，你能听到它在沉寂的夜空中相互碰撞得咯咯作响。

A面

　　夜深了，一切的思绪如跳跃的喷泉，它们似在高声地说着情话，而灵魂也会化作一股跳跃的喷泉。爱意像泉水一样从内心涌出，心绪已无法平静，心中蕴藏着不可遏制的欲望，它自己给自己说着情话。有时候，连自己都听不懂。爱的音符是那么轻盈、那么玲珑剔透，却涌入一个人的灵魂深处，不停地游动。

　　一个人安静地体味一种温暖，体味一种奇异的似曾相识的味道。

　　爱就是用一只手去温暖另一只冰冷的手。爱就是冰着一个人，暖着一个人，又心疼着这个人的那种感觉。所谓爱，就是人走了情依在，人未在，音容依在。

　　也许，哪怕是至高无上的爱的杯子里也会盛有少许苦酒。说不定拿起的杯子里，就是苦酒一杯，谁知道呢。未来不可预知，就像一个人尚未行走的人生历程。

春光里，小草在发芽，爱意在疯长，思念在狂奔，每个人都在路上。古人感慨，人生一世间，宛若暮春草。小草虽稚嫩，却总是生机勃勃。

时间是我们唯一的同行者。

B 面

每天你必须克制自己十次，这会给你带来巨大的疲劳；你又必须再跟你自己和解十次，因为克制是苦事，不和解的人睡不好觉。

克制是灵魂的鸦片，放纵是情感的终结。

A 面

一个人的旅行其实也很好，自由自在。当夜幕降临，看到从你身边经过的那些形形色色的陌生人或许更应该珍惜身边人。人生中相逢的一些美好注定会在心底永留，并成为生命中最亲切的记忆和美好的律动。

就似一个梦，极致的一梦，它注定会成为生命中最真切的记忆。

一颗飘忽不定的心和另一颗孤寂的心相逢，就会变得异常坚定与从容。而从前无论多么美好的邂逅，只会变为一段记忆，"独坐敬亭山，相看两不厌"的期待成为每一个明天的希望。

于是，突然害怕失去这份牵挂与懂得，失去这份虚荣与满足。

物是人非，总奢望别人能跟自己一样，成为另一个人心里的不舍，这样想一想，眼睛就会湿润。自己又何尝不是一个童话？就像童话《去年的树》一样，自己像极了那只鸟儿，大树最终会不会感受到鸟儿找不到大树时的悲哀？在伐木工人用锯齿割断大树的年轮时，大树无法倾诉的伤痛，鸟儿是不是也能心领神会？

伤心是一种内心的痛，隔膜是横亘的一座山，疑惑是伤感与心痛的一把盐。

一个从过去走来的人，不知不觉中就成了今天的模样。总无端地担心自己流水落花般逝去，可在心里却始终装着一个渴望完美终结的梦。尽管现实总被涂抹得面目全非、支离破碎，而内心依然相信最后的那份真诚和美好，依然相信来世一遭的不易与幸运，依然深信期待总会有，希望总会在。

沉沉的夜，寂静的心，一个人在心里装着另一个人向前行走，那该多好！

B面

风总是伴随着思绪吹过来。你能听见风的声响，却不晓得风从哪里来，往哪里去。爱从沉睡中慢慢苏醒，像枯草在慢慢返青。一个人独坐在爱河的边沿，似一个垂钓的老人，神情专注地盯着爱河里的人，看着他们在爱河里翻滚。

爱，总是如一幅徐徐打开的唯美画卷，美好而充满期待；怨，总是如一只飞翔的苍蝇在耳旁嗡嗡作响。爱总是与怨相伴，爱总是与恨掺杂，爱恨情仇似五谷杂粮，难以割舍，互为牵连。

一个人大步流星，一个人紧跟其后。蓦然回首，看一看身后真的有人相随吗？

A面

  越是深夜越是孤独，越是期待拥有爱。一个人最不能缺少的就是对幸福对爱的向往。眼前有许多路等着自己走，而脑海里总是回想着有爱的人。用纯真的心性去做些事情，用充裕的岁月来证明自己，不再用遗憾与惘然消耗自己，选择那些淡然、坚定来引领与激励自己。不是说走得最急的人总是最美的风景吗？这也应该是人生最丰盈的阶段吧。

  每个人，都应当学会珍惜。珍惜与他人一同往前的那种奇遇，与他人共享共融的那种奇妙。

  人生的每一次相逢和告别都不是意外，而是缘来缘去。当你感受到了一些希望，就会体味到一丝一缕的温暖和幸福，甚至感受到内心深处一股一股的暗流在涌动。

B面

  一个人，拥有一份期许，就多一份幸福。余生很长，余生也有限。生命不在于多长，而在于多好，活得精彩是王道。生命中固然有许多伤感与无奈，却也不乏期待与怀想。

  记得有人说过，人世间有一座奈何桥，每一个人都有可能会在奈何桥上走一程，等一人。只是，有的人等到了惊喜，有的人等来了孤独。即使物是人非，出现"人面不知何处去，桃花依旧笑春风"的情景，心生感伤，那也不要紧，那就用湿润的热泪，为曾经相遇的那段情感，书写出属于一个人的美篇吧。

  有爱就有痛，往事留风中。平静的心境总会被惊扰，避开那些伤痛,继续向前行进。

也许明天并不乐观,可总有勇气面对它。

A面

也许会有许许多多这样的日子,总想准确地形容却无法描述,总想准确地描绘却无从下笔。眼前闪现出无数姹紫嫣红的花朵,系在一根长线上,自己就是这根长线的主人,拼命往自己怀里收线,而花朵无限,怎么收都收不回来,其间的每一朵怒放的花都是最幸福的笑脸。想一想,都会让自己热泪盈眶。

当你总像一个长不大的孩子的时候,前方一定会出现一个像极了自己亲人的那个大人。当你的喜怒哀乐,如同竹筒里的一颗颗豆子,见了那个人,你就会瞬间打开竹筒的盖子,把它们统统放出来,哗哗啦啦的声响是多么美妙而富有节奏,让自己的耳朵成为最忠实的听众,让这种奇妙定格成永恒。

手舞足蹈,绘声绘色,没有比内心的接纳与温暖更令人心醉与怀想。

世间真好,可以有爱有牵挂。心里装着一个人,向前行走或者飞翔。日子如泉水叮咚,而我们成了彼此的亲人。

把自己的生活酝酿成诗,而心仪的那个人,就成了自己的诗和远方。

生命总是多姿多彩,恰似花开多瓣。人生好想偷懒,就像不想起床。将一切不快与收获放在小屋的篮子里,而自己从小屋里逃出来,面朝未来,春暖花开。无论还会有什么境遇,只要有一点甜蜜与怀想,就不觉得无依无靠。明天不仅仅是充满希望的前景,还有一个生活在自己心里的人带给自己的愿景。

毕竟,美好的时光总是在飞转。那个无论东西南北向前行走的你的心里一定装着一个人。而留给过去的,或许会是一个笑而不语的温暖的背影。

B面

　　回想岁月中的许多日子，如一幅如泣如诉的唯美画面，情愿走向你所向往的漫天飞雪的画面，由近及远。而那个人却从凝视的方向款款走来，由远及近，走到我身旁。

　　多少年后，眼前的画面终将成为一幅黑白画，这不是缺失色彩的生活场景，而是被悠悠岁月洗白的过往的见证。当一个沉寂的心被有意无意间点燃，生活的激情就会被无限放大，原本单一的生活就会变得色彩斑斓。世态炎凉，虚情假意，如此等等，会渐行渐远；温暖如春，温情脉脉，如影随形，会如约而至。

　　没有什么能遮盖的东西，就让它放出异彩；没有谁能夺去的东西，理当倍加珍惜。

AB面

　　爱不需要智慧，爱是愚笨者的游戏。人们渴望拥有爱，也渴望拥有智慧，二者怎么可以兼得？

　　爱是两个人闭上眼睛，静等相拥和安抚。爱是两个人静静地躺在爱河里，或者享受舒畅，或者被爱的洪流冲刷。

　　爱不仅仅是享受，爱是一种相互的给予、一种相互的容忍。爱不是要牢牢拴住另一头让它动弹不得，而是要由着它向高空飞翔，然后自由落体，朝着中心点向下俯冲。

　　相爱的人，是生长在山巅的两棵树，它们被看不见的手摇曳着，它们被风吹得东倒西歪，它们相互激励、相互凝视，它们生活在坚定与刚毅里，活在风的走向里。没有一棵树会永远挺拔着，它们总是被弄弯或者扭曲，或者干脆拦腰折断。

爱是痴迷，一个人总想赶走深藏于内心的魔怪，而他自己却误入猪群里。

赏析

这是一篇情感短章，名为无题，实则"有题"，一如李商隐的《无题》诗，颇具深意。作者借助想象与联想，由此及彼，由浅入深，由实而虚依次写来，融情于景、寓情于物、托物言志，是人性、社会和大自然的大调和。那冬月的雪花、夜里的风都披上了情感的外衣。作者想象着那生长在山巅的两棵树如两个相爱的人，回忆起与朋友相聚，酒酣之余的幸福与温暖，更多的是时光飞转，自己的心中总有一份甜蜜与温情、怀想和期望。作者的真情实感在我与"我"的转化中实现物我统一，延展出更深远的思想。作者通过一个人的AB面不断论证着每个人都是一个矛盾综合体。大家在这个世界上自然而然地生存着，听任时间的流逝但又为生活拼搏奋斗，享受生命的美好而又坦然面对疾病，又有多少在外沉稳干练的人回到家后释放得像个孩子，个中焦急与舒缓、渴望与淡泊等，怕是只有自己能知道。

行文如涓涓之水，叮咚有声，情真意切。小片段式的寥寥数语，勾勒出动人而清晰可触的场景，渲染出深邃的意境，使读者领会到更深奥的道理。"一个看透生活依然热爱生活的人，一准儿是一个幸福的人""时间是我们唯一的同行者"……细品、细斟，这样的文字在丰富我们情感世界的同时，更有助于提高读者的文学修养，培养出健康高尚的审美情趣。

（王丽）

温暖以待

第〇辑

尘世漫步

一个人总会在现代社会里扮演着不同的角色，在东奔西走中忙碌着，早也不闲，晚也不闲，真正坐下来的时候，又往往手机相伴。一刻也不得清闲啊！只有到了此刻，才真正彻底地放松下来。

岭南二章

隐世与繁花

生活中自然有诗意，若你觉得生活总是一团繁杂，或许是因为你忽略了把自己的心绪切片分区。

在东莞，我们入住的酒店叫银丰逸居酒店。跟我们一同参加考察的小肖介绍说，这家酒店环境优雅，既具有私密性，又紧临着开阔的松山湖，可以让人既安静又轻松。而且这里距离我们将要考察的地方很近，各方面都很方便。

晚上九点多钟的时候，我们才到了入住的酒店。从考察点到酒店，商务车在东莞的夜色中高速行进，我们自然也不晓得是到了哪里，况且又下着淅淅沥沥的秋雨。一天的劳顿，所以，入住酒店后，很快就入睡了，自然是一夜无话。

自己有一个习惯，就是每到一个地方，总喜欢早起，要去看看它周边的环境。

当我通过酒店大厅的侧门走出酒店，进入酒店后花园时，一下子惊诧了。这里简直就是一个色彩斑斓的绝美胜景！不禁让我眼前一亮。

那些亲水平台依地势而建，湖水岸堤，曲折连环，青草绿树，倒映成趣，深秋的岭南大地，原来还有这般的美景。伫立在木质的亲水平台，宛如浸入了湖水中央。随手一拍，咔嚓即景。再拍远景，绝美如画。有三三两两晨起散步的人从远方的湖边由远而近，虽然全是陌生人，却自然也会走进我的取景框里，定格成一些美景。或许是因为昨夜一场秋雨的缘故，晨曦中的阳光弱弱的，似乎被晨雾遮挡着，若隐若现。虽是深秋，却分明感到丝丝暖意，抑或是一种心理感受罢了。远眺平静的湖面，细看独特的廊檐和倒影，岭南风情画卷，尽收眼底。

突然觉得，这南方的美，是一种静谧和惬意之美。一个久居北方的人，习惯了高山野岭，习惯了黄土旷野，习惯了烟尘雾霾，一下子进入这湖光山色里，感觉是别样的宁静与超然。从亲水平台折身而返，顺着弯曲的回廊行走，猛然看到紧依酒店主楼外，竟有一处露天泳池，这显然是给入住酒店的人享用的。我们这些行色匆匆之人，出门不带泳衣，也无暇享受，但观赏一下还是可以的。于是，沿着回廊继续走过去，泳池里竟还有一个晨泳的人。虽然这是南方，晨起并不感觉怎么凉，但若要下泳池游泳，却一定有些凉意。可泳池中的人却在池水中逍遥地游着，池水随着泳者的游动，一波一波的清水向外四溢飞溅。这真是一种绝美的风景，似乎这水是从自己的内心溢出般。

这世间的美景，无处不在，无处不有。这样的美景让我不经意间捕捉到，让我流连忘返。我的那些同行者，他们或许还懒在床上享受呢。仔细观察，原来这泳池的水是流动的，"哗哗"的水流是从一条明渠流过来的，池水满盈盈的，从泳池的四面向外溢。细听，草丛里的音乐盒子发出若有若无的江南丝竹乐，再配上那些酒店外的雕栏瓦舍式的辅景，这也真是南方才独有的情景啊。都市繁华，偏安一隅，让人心境安宁，甚是陶醉。蓦然想起那句"小隐隐于林，大隐隐于市"的俗语来，果真如此矣！

繁华都市，前沿城市，也会让你找到一处安身安心之处，总会让你可以静守一种难得的宁静，在宁静的氛围中也能摘得一枝繁花，归自己拥有。

岭南的秋日美景，在晨风里带着淡淡的松山湖的水味，让人脑清心静，优哉游哉，乐不可支。身处喧闹的都市，也能感受到一种宁静恬淡之美。而这种偶遇，却是自我选择，偶然自得，可谓因果积缘。

眼前一切美景，虽平凡低调，却珍贵如珠。在这"隐世"中流连，却并未忘记重返"人间"。

一看时间，已经到了吃早饭的时间了。回到餐厅时，看到同伴都在吃早餐了。

吃早饭的时候跟小肖说起酒店花园里的景色，小肖却不以为然，然后他带着神秘的口吻小声对我说，等晚上我带你们去下坝坊感受一下东莞的夜生活。

我以为小肖说的下坝坊指的是传说中的东莞夜生活呢。小肖看到我满脸疑惑，忙跟我解释说，下坝坊是东莞一个很文艺很小资的地方。我知道，小肖也是一个"文青"，当初他从传媒大学毕业后并没有进入体制内，而是在为一家教育机构效力，而且小有成就，可谓春风得意。

其实，下坝坊离我们住的酒店并不太远，也就不到半小时的车程。晚上九点钟以后，我们去了下坝坊。

下坝坊在东莞东江支流的边上，是岭南水乡文化保存较为完整的历史古村落之一，被誉为东莞的岭南水乡文化博物馆。改革开放以来，东莞凭借毗邻香港深圳的优越地理位置，先行一步，成了国人向往的改革开放先行地和著名的世界工厂。但比起广州深圳等一线城市，东莞显得略微有点低调，东莞是全国少有的不设区的地级市，只有主城区和镇区之分。走在东莞这座城市，你能感受到这里与众不同的低调奢华，这里有都市的繁华景象，也有小资情调的小城逸趣，下坝坊就是这样一个让你感受休闲慢时光的地方。

一进入下坝坊，就一下子感到自己一定会喜欢它。一眼望去就知道，很多装饰里杂糅了许多具有岭南特色的东西，错落有致，浑然一体。私家独院的风格又契合了像我一样从小院子里长大的人的内心需求。即使那些窄得不能再窄的巷子，它也能"通透"过去。往往是，你担心它可能过不去，曲里拐弯处，却总会让你有一种柳暗花明般的心理满足。这里的房子都不很高，却鳞次栉比，给人一种层次感。

下坝坊的店铺的名字也挺浪漫的，似乎散发着一种艳遇的气味。这里有很多有特色的店铺，集文艺演出、酒吧、餐饮为一体。灯火阑珊处，分外有一种意境。看看这些笼罩在夜色里通透发光的名字吧：清花醉月、38号矮房子、池塘夜色、藏吧、缘分、醉爱、遇见，你会感觉到主人为它的餐馆酒吧起的名字是如此恰当、如此接地气、如此切合实际。还有那些在夜空中盘旋的音乐旋律，都增加了这夜色的文艺氛围。如果你留意，就会感觉到，这里的每一家店铺虽然紧邻而建，却都有自己的风格特色，似乎在表达着自己独一无二的故事。那些璀璨绚烂的灯光是它们的夸张点缀，那些五颜六色的酒瓶也似乎成了它们的特色招牌。

我们上了那家有些鹤立鸡群的清花醉月茶楼，选了一个相对独立的亭子，围坐在一张红木桌子旁。店家很快端上来丰盛的茶点和小菜，接着，各式烧烤也很快摆上来。

我们的座席在茶楼的四层，环顾四周，有一种居高临下的感觉。在不足十米远的另一处三层阁楼上，一个乐队的乐手正使劲儿地摇滚着，嘶哑婉转的歌声里，透着一份内心独有的清雅。来这里的客人，在这光芒四射的夜色里放飞自我，可以暂时忘却生活的忧愁，在这绚丽的夜色里与另一个自己来一场浪漫的偶遇，让你可以悠闲地感受古村茶楼浓浓的艺术气息。刹那，好像自己也成了一名文艺青年，这绝对是一种非常舒心惬意的感觉。你可以坐下来喝酒吃烧烤，也可以坐下来喝茶聊天。在下坝坊这样的茶楼里，与熟识或者不熟识的人一起大口喝酒，大口吃肉，胡侃乱吹，似乎忘却了自我，似乎整个世界一下子就是自己的了。你还可以靠在红木座椅上，手捧一杯茶，一言不发面朝夜空，什么也可以想，什么也可以不想。你还可以举起手中的酒杯，起身与朋友推杯换盏，仿佛自己一下子就成了这繁华夜色中的一员，成为这夜色的主人。

无论你有没有故事，在这样的地方、这样的氛围里，一准儿会有一种特别想多喝几杯的冲动。

醉意朦胧的小肖，从对面站起来，端起一杯啤酒要与我干杯，我自然得响应。两个人举起杯子"咣当"一下，各自将杯里的酒喝个精光。

一个人，享受入乡随俗的自在，在现实中的隐忍，在喧嚣声中的豪放，可以在某一个时段交融在一起。拿着一串自己从来不曾吃过的烧烤，端着一大杯被添加了其他饮品的啤酒，一口猛喝下去，好不畅快！

一个人总会在现代社会里扮演着不同的角色，在东奔西走里忙碌着，早也不闲，晚也不闲，真正坐下来的时候，又往往手机相伴，一刻也不得清闲啊！只有到了此刻，才真正彻底地放松下来。

心安而后心美。啤酒下肚，暖意滋生，快意袅袅。顿时，似乎梦里梦外都是花开。小小的日子，大大的满足。这，就是幸福哟！

即使身处繁花之中，只要用心去寻觅，总可以寻找到那扇通向自己宁静的内心之门。

离开下坝坊已经是深夜十一点多了。小肖说这里的夜生活才刚刚开始。果真，我们走出古街的时候，看到熙熙攘攘的人流比我们来时多多了。

回到酒店，自然是一夜无话。

一蓑烟雨任平生

如果不是到了东莞，远居北方的我，从来不曾听说过，在深圳与东莞之间，还有一个景色优美的松山湖呢。

松山湖所处的位置属于东莞的一个中央生态区，也是东莞的高科技园区。凭我们初来乍到的感觉，这里应该离东莞中心城区不是太远。

松山湖生态景区享有得天独厚的地理环境，广阔充沛的自然水源，长长的亲水湖岸线，树影婆娑郁郁葱葱，旖旎风光水波荡漾。松山湖的秋色是这样美、这样安静。

我们是上午九点多钟进入松山湖景区的。天气晴好，丝丝凉风不时提醒着我们这是深秋时节的松山湖。

树木花草和湖水堤岸是公园永恒的主题，松山湖茂密的树木成片成片地散落在岸边和岛屿上。沿岸种植了各式各样的观赏性花卉树木，堤岸曲折回旋，放眼远眺，一道靓丽的风景线映入眼帘。我们惊喜地发现，在紧临堤岸的湖水边，一片高大挺拔的树木生长在湖水之中。细看那树上的通识标牌，才知道它叫大花紫薇，别名大叶紫薇。它的树干最高可达二十多米，树皮光滑呈灰色，树干笔直呈圆柱形。它不惧湖水浸泡，可见它的生命力极强。

想不到在都市中还隐藏着这样一处胜景，真是让我们无比舒畅，更让我们流连忘返。

小肖跟我说，宋代大文豪苏东坡被贬惠州之时，据说与惠州相距不远的东莞，是他常来常往之地。想来这松山湖一带，苏东坡是一定来过这里的呀。现在，我们是在享受大文豪的恬淡生活呢。

我禁不住"哦"了一声。小肖的话顿时让我疑惑起来，苏轼被贬谪惠州时究竟来过东莞没有呢？这松山湖的形成就与千岛湖一样，最初由水库演化而来，但这里水域宽广，水系发达，在宋代的时候一定也是水陆交融。看到我沉默无语，小肖以为我不同意他的说法呢，于是忙辩解说，我的说法是有出处的，不信你查一查呀。

就是嘛。

于是，在东莞的松山湖，我知道了苏轼与东莞的故事。

宋元丰二年，正在湖州任上的苏轼因"乌台诗案"遭弹劾而被贬谪流放，开启了他再一次的颠沛流离之旅。无论后来几次沉浮，但当他由京城出发，经黄州、惠州、儋州，一路向南，直至在应召回京时客死返京途中，才为他的一生画上了句号。

在与惠州相邻的东莞，苏东坡的到访，为这块贫瘠的岭南大地平添了无穷的光芒。宋绍圣元年，五十七岁的苏轼再遭贬谪，贬谪为宁远军节度副使。总之，就是把他一路南抛，抛到了人迹罕至、瘴疠横行、烟雨蒙蒙的岭南惠州。

苏轼为什么要来东莞呢？因为这里是他寻亲访友细研佛经之地。他所访的那个人是东莞资福寺的方丈祖堂。

苏东坡在东莞，并不像他在黄州、惠州和儋州那样怀着悲壮的心情。在那间散发着佛经的清香的禅室里，已近六旬的苏东坡像个小学生一样伫立在佛前，香烟袅袅，没有了声色犬马的放纵，没有了功名利禄的追逐，没有了风霜刀剑的欺逼，就像窗外的斜阳细雨，恬淡得似乎可以听到炊烟的低语，历历往事，随着那一册册发黄的经书在眼前掠过。

他累了，于是倒头酣然大睡。梦中，赤蛇吐珠的景象出现了，梦醒之后，他暗暗惊奇。但是，更奇异的事还在后面，居然还有一个人跟苏东坡做了同样的梦，这个人就是祖堂法师，他在这天夜里也做了同样的一个梦。

第二天一大早，祖堂法师匆匆来到苏东坡的住所。两人相见，都迫不及待地给对方讲了梦中之事，这让两个人惊讶不已。苏东坡百感交集，用他的闲笔轻轻一点，东莞这处名不见经传的小小的资福寺，便在岭南水乡霞光万丈，名声大噪，成为广东四大名刹之一，一时誉满南粤。

然而，苏轼在东莞的踪迹，却不像他在黄州惠州那样"有词为证"。我们也很少能在他的诗词中寻觅到有关东莞以至资福寺的诗词记载。但在民间，他与爱妾王朝云的传说却不少。

在爱情方面，苏东坡是一个有故事的人。在东莞，他领着他的侍妾王朝云感受着岭南水乡的朝云暮雾，既是在打发时光，也是在享受他晚年的乐趣。苏东坡与王朝云的岭南爱情故事，千百年来并没有随风消逝，反而成为一段佳话，那顶造型独特的凉帽成为历史的见证。

东莞桥头镇的省级非遗项目"桥头凉帽"，相传便是苏东坡为王朝云制作的。想一想岭南酷夏难当，苏东坡与他的爱妾王朝云耕地劳作，种植蔬菜，为了不让王朝云受日晒之苦，苏东坡设计制作了一顶遮阳帽，笠顶处开一个大孔，刚好让王朝云高耸的发髻露出来。后来，岭南妇女沿袭至今。这个美丽的传说使苏轼与爱妾王朝云的爱情故事丰满起来，也给人世间相亲相爱的人们一种寻找情感归属的内心期待与满足。

享受生活，享受爱情，每个人都有自己独特的视角，也有自己独特的方式。王朝云跟着苏东坡来到惠州之时，苏轼的第二任妻子王闰之已病故，被贬谪惠州的苏轼启程南下时，包括长子苏迈、次子苏迨，几乎所有的家眷都安置在了宜兴，只有他的少子苏过和侍妾王朝云跟着他一路颠簸到了岭南这处潮湿闷热之地。王朝云是苏轼在杭州时，在西湖边上一眼看中后带回家中的一名侍女。据说，那句"欲把西湖比西子，淡妆浓抹总相宜"的千古绝句，明为描写西湖旖旎风光，而实际上寄寓了苏轼在西湖初遇王朝云时，为之怦然心动的内心感受。但这种说法有点牵强，苏轼写这首诗是在公元1073年任杭州通判时所作，这一年王朝云只有十一岁。一个十一岁的小姑娘就出落成一个"淡妆浓抹总相宜"的成年女子的真实性值得怀疑。但有一点可以肯定，这位从年少时就侍奉在苏轼左右的女子，对大她二十五岁的苏东坡崇拜有加，也自始至终用她爱的甘汁浇灌着年迈而频遭不测的男人。如果说黄州的时候苏轼还得将情感一分为二或者一分为几，那么在惠州，在东莞的时候，爱妾王朝云所得到的爱就成了独一份了。

"莫听穿林打叶声，何妨吟啸且徐行。"这是苏轼被贬谪黄州期间写的《定风波》中的词句，那个时候他怎么也不会想到，之后的人生路漫漫，更坎坷。被贬惠州后，王朝云每每为苏轼弹唱《定风波》时，他自然是感同身受，任凭热泪打湿前襟。屡次被贬可以彻底打败一个人，也可以将一个人打造出全新的心境。苏轼从愤世嫉俗，变为一个乐天派。在他给资福寺长老写的信中，便可以看出他"累了就睡觉，醒来就微笑"的淡然。这个时候，苏东坡的心境离官场似乎更遥远了一些，心情更恬淡一些。

面对起起伏伏的人生遭际，苏轼终于能够云淡风轻地说出"谁怕，一蓑烟雨任平生"，"归去，也无风雨也无晴"实属不易啊！经历风吹雨打的人总是要期望天气放晴的吧？苏东坡也许想得更多更深。人生最好的风景也许就是眼前一片平静，没有什么风雨，即使是烟雨迷蒙，也不要遇上仕途的风雨交加呀！如何做到政治上的"也无风雨也无晴"，这其实很难啊！

然而，这世间的平衡，其实都在心间，得与失也从来会在一个人身上同时并存。

在黄州时，他有妻子王闰之、侍妾王朝云陪伴左右，到了惠州后，有爱妾王朝云朝夕陪伴，悉心呵护。仕途上的不得意和现实生活中的坎坷，通过佛经的净化，使他可以将自己的内心切片分区，摒弃来自官场的烦忧，将自己的内心更多地寄托于佛法禅意、青山秀水和爱意绵绵之中。

一个人，当他丢弃对官场的内心期待后，依然拥有生活的期望和爱的滋润，可以求得一种自在洒脱、空灵超然的内心体验，那也不失为一种莫大的幸运啊！

美意浸入心田，会在日积月累中在人的眼睛里、神态中、衣着上、喜好里得到显现。

一千多年前，苏东坡在岭南的湖光山色中寻觅到了一片静心安乐之地。这里，自然有他内心的凝练，更多地应当归功于爱妾王朝云对他的爱意缠绵。

俗话说好景不长在，好花不常开，这句话放在苏东坡身上似乎更加妥帖。三十四岁的王朝云在被扶正仅两年后，就在绍圣三年七月不幸早逝。王朝云年纪轻轻怎么会突然暴亡？据说是因为一场突如其来的瘟疫，再加上刚出生不久的孩子不幸夭折，心情忧郁，致使一个年轻的生命戛然而止。苏轼将这个侍奉他大半生的爱妾埋在了惠州西湖孤山东麓栖禅寺的松林中。后来寺院的僧人筹款在墓旁为王朝云修建了一座亭子，命名为"六如亭"，以纪念王朝云。据说王朝云是默念着"六如偈"去世的，后来苏轼亲自为爱妾撰写了一副楹联，并被僧人挂在了六如亭的廊柱上："不合时宜，惟有朝云能识我；独弹古调，每逢暮雨倍思卿。"

在苏轼的妻妾中，王朝云最为温婉贤淑，是最善解东坡心意的。一次，苏轼在家中庭院散步，突然指着自己的腹部问身边的侍女，你们知道这里面有些什么？一侍女答道，都是文章，苏东坡不以为然；

另一侍女答道，满是见识，苏东坡依然摇摇头。到了王朝云，她微笑着答道，大学士一肚子的不合时宜。苏东坡闻听大笑：知我者唯有朝云也。

现在，唯一的知己竟然离他而去，独自俯瞰他与爱妾王朝云一起开辟的放生池，凝望远处那一湖净水，犹如朝云的一片丹心空旷而寂静。一个年迈的老人，那该是何等凄凉啊！也只能是"独弹古调，每逢暮雨倍思卿"了。

王朝云本该安心地陪伴侍奉自己钟爱的男人走过余生，只可惜，上天偏偏不给予他们这种微小得不能再小的期待，而是让他们各自带着遗憾阴阳相隔。王朝云病故于1096年，那一年，苏轼五十九岁，王朝云只有三十四岁。

"玉骨哪愁瘴雾，冰姿自有仙风。""高情已逐晓云空，不与梨花同梦。"这是苏轼在王朝云病故后，在《西江月·梅花》中怀念王朝云的词句。想想当初被贬谪岭南之时，身边的人都纷纷借故离自己而去，只有与自己最相知的王朝云义无反顾地跟随自己远涉瘴疠之乡的岭南。她就似梅花一样，有着冰雪般的肌体、神仙般的风致。可如今，我爱梅花的高洁情操已随着朝云而成空无，愿此生不再梦见梅花！

爱妾已去，一颗孤寂无聊、凄凉无奈、无以寄托的心，该何处安放？

然而，跌宕起伏的命运并没有到此为止，苏轼的九九八十一难还未终结。在王朝云病故后第二年，其长子苏迈携苏轼的家眷来惠州团聚时，一纸诰命也同时到了苏轼手中，六十岁的苏东坡依然要背起行囊，开始他流放儋州的孤独之旅。这个时候，离这位孤寂旅人的生命终结还有四年的岁月磨难。

"人有悲欢离合，月有阴晴圆缺，此事古难全。"这是宋神宗熙宁九年,苏轼在密州任知州时所写的《水调歌头·明月几时有》中的词句。这个时期,苏轼因与改革派政见不合,政治失意,开始自求外放,借与其弟苏辙相见,感同身受,以此来抒发自己的感怀与期待。这并非是他的先知先觉,却暗暗为自己之后的颠沛流离埋下了伏笔。想一想,真是可怜又可叹啊!

从松山湖出来,连连慨叹。这万千山水,自然恩赐,可以静心,可以养气,只有你经多了、悟透了,才能乐享这份清静啊!

许多时候,一个人的怨气也好,愤世嫉俗也罢,只不过就是因为欲念太多罢了。想要的更多,又不想同时放下一些东西,不过是自寻烦恼罢了。

哪片山水真正属于你自己?每个人都在寻寻觅觅,却往往不得要领。

想一想,踏山踏水,贴近自然才是最好,自己喜欢和惬意才是最好。

赏 析

篇名为"岭南二章",独立成篇,又有内在联系。"生活中自然有诗意。"文章开门见山,开篇点题。闹中取静、环境优雅的酒店是美的,色彩斑斓、曲径通幽的花园是美的,清花醉月、夜色蒙蒙的酒吧也是美的。生活中处处充满美、洋溢着美,这其中有自然的美、艺术的美,也有社会的美、人文的美。可以说生活即美,美即诗意。可是,问题来了:面对斑斓的光影,面对缤纷的繁花,如何选材,如何剪接?因为生活的美,毕竟不能等同于艺术的美。而作者在这里似乎摇身一变为高明的导游,移步换景,一步一景,如数家珍,娓娓道来。而读者跟随作者的脚步,拨开重重迷雾,由点到线,由线到面,渐次领略精彩的南国风情。

　　行文之中，作者反复强调："这真是一种绝美的风景，似乎这水是从自己的内心溢出般。""这世间的美景，无处不在，无处不有。""眼前一切美景，虽平凡低调，却珍贵如珠。"文章快结尾处："即使身处繁花之中，只要用心去寻觅，总可以寻找到那扇通向自己宁静的内心之门。"首尾呼应，结构严谨。

　　后一章以记写游览松山湖为由头，实质上重在写人文，重在叙写苏轼被贬惠州之事。如标题所暗示："一蓑烟雨任平生，也无风雨也无晴。"宠辱不惊，凭他潮涨潮落；去留无意，任尔云卷云舒。绕过才艺，单说性情。千百年来，能够用文字打动千千万万读者的，能够用心灵拨动人间至爱情弦的，非苏轼莫属。苏轼一生，先后有过三任妻子，皆姓王：王弗、王闰之、王朝云。苏轼对每一任妻子都一往情深。在那个富贵人家妻妾成群的时代，苏轼显得格外亮丽，也格外难得，格外珍贵。遗憾的是，好人多舛，红颜薄命。三任妻子，先后离他而去，多情的苏轼一腔爱恋，几多愁绪，空落无依。苏轼流放惠州，本有朝云相伴左右，如能生死相依，彼此欣赏，携手到老，对命运多蹇的苏轼，也算聊以自慰。谁知天妒红颜，比苏轼年轻二十五岁的王朝云，竟然又先苏轼而去。宦海浮沉，仕途失意；竹杖芒鞋，孤舟笠翁。面对人生的一个个沉重的命题，面对命运的一张张晦涩的考卷，怎么写？如何答？泰戈尔说："生活以痛吻我，我则报之以歌。"苏子是潇洒旷达的，苏子是乐观超脱的。"飘飘何所似，天地一沙鸥。""小舟从此逝，江海寄余生。"生活中不是缺少美，而是缺少发现美的眼睛。这里强调的是发现。那么，生活中的美是从哪里来的？是由人创造出来的。而本文的主人公苏轼，便是生活的热爱者，更是美的创造者。享受生活、享受爱情，每个人都有自己独特的方式。"踏山踏水，贴近自然才是最好，自己喜欢和惬意才是最好。"这是作者要表达的主题，也是苏轼一生的真实写照。

（翟学鹏）

> 翟学鹏，山西省太行中学高中语文教师，中学正高级教师，山西省特级教师，省市语文学科带头人，省级模范班主任。

凤凰行吟

行程中本来没有凤凰的,后来我们跟导游商定,调整了随后的行程,决定赶往凤凰古城看一看。于是才有了这次凤凰之行。

沱江日夜绕凤凰

凤凰古城位于湖南省的西部,从地理位置上来说,它属于湘西地界。凤凰是一个美丽的小城,这是早听说过的。到了凤凰,才听人说,凤凰的韵味和精华是在沱江边上。

站立沱江岸边,眼望沱江,河水不汹涌,也不宽广,是那样的安然静谧,就似一个有城府的少妇,一点也不张扬。突然就想,这样一条河,这样的一个小城,它怎么就孕育了那些土匪和那些为世人所称道的顶级人物了呢?先是被称作蛮夷之地,后来又是匪盗泛滥之乡,再后来被称作人杰地灵的地方。一个地域可以把它的灵气发挥到极致,也可以把它们的霸道强悍发挥到顶峰。好要好到极致,坏要坏到顶峰。这便是湘西,这便是凤凰了。

我们在凤凰,听到有人这样评介土匪。他们说,当初的土匪,他们并不劫百姓的,是存有人性的。可我们很容易把在电视上看过的《乌龙山剿匪记》和《湘西剿匪记》中的人物场景与现实联系起来。翻阅历史,我们知道,民国时蒋介石曾宣布湘西为"匪"区。"此匪"自然非"彼匪"。虽曾多次出兵湘西"剿匪",但俱遭败绩。谁知历史总在进行着一些惊人的反转，短短几年时间，解放军湘西剿匪成为经典故事被写进历史里。如今，凤凰城里仍有一段城墙，也就是沈从文在《凤子》里提到的那段古城墙。清万历以来的边墙，也已经是断垣残壁了。

凤凰的历史，只有当你翻阅书卷的时候，才能隐约地听到那风中的厮杀声。随着年代的久远，厮杀声渐次在青山绿水中消减到无影无踪。20世纪80年代，当沈从文被重新发掘并冠以现代文学大师头衔的时候，凤凰才仿佛完全告别了它的战争年代，而开始以沈从文的故乡出现在世人的视野里。凤凰也俨然成了人们向往的一个世外桃源。精明的凤凰人打名人牌，打出了名气。一个小小的凤凰城，竟出了一个文学大师沈从文、一个著名画家黄永玉、一个民国总理熊希龄，还有一串串可以叫得上名字的游侠般的人物。

我在想象新一代的凤凰人，他们已经无须再经历那些留守或者离开的痛苦挣扎，他们要续写的，已经不是父辈祖辈的命运了。当我们来到这里的时候，已经很少见到穿着苗装的苗人，文明在一点点地渗透着这个古老而富有沉重感的湘西古城。

在凤凰，似乎无处不浸淫着一种浓浓的味道，远古的、历史的、文化的、商业的，一边是蜿蜒的河流，一边是满目青翠的山峰和油菜花盛开的土地。我们到凤凰的那一天，正值小雨纷纷，薄雾把我们笼罩在初春的清冷和湿润里，空气里有一种花香混着青草泥土的气味，是我久别的乡村气味。北方人其实是受不了冷的，凤凰城的气温比我们到来之前想象的要低得多。我们走在街上的时候时时感觉到冷气的侵袭。我们感受着凤凰的古典，也感受着凤凰的清冷。

在凤凰，几乎每一个凤凰人都知道凤凰城是被称作"中国最美的两个小城之一"。这个给予凤凰如此高的评价的人叫路易·艾黎。他是新西兰人，他在中国居住了数十年。人们可以对"最美"进行种种质疑，但最让人质疑的，还是这个洋人说这句话时的时代背景。那是在20世纪的60年代，十年"文革"的第一年。当所有的中国人几乎被那史无前例的运动弄得晕头转向的时候，这个洋人，他来到了湘西古城凤凰。不知是被那鳞次栉比的吊脚楼打动了，还是被那清幽的沱江水给陶醉了，于是情不自禁地说了这么一句让后来的凤凰人引以为豪的话。

当年的路易·艾黎在凤凰小住了几天之后，怀着对这座古城的羡慕离开了他心目中的美丽小城。他走后不到一个星期，凤凰开始破"四旧"，凤凰城凡雕刻有龙凤花鸟和历史故事的建筑、家具、碑碣等等一律砸烂，各处古建筑前面的石狮子、石像，都统统打翻在地。

这个外国人没有见到凤凰失去理智的那一刻，这个古老的山城得以在一个外国人那里树立了一个很好的口碑。

如今的凤凰，沱江依然幽静地绕城流淌着，流过昨天，流到今天。我们在石板街上看到一个名为"流浪者"的酒吧，酒吧里的吉他声把我们吸引进去了。我们选一个临窗的台桌坐下来，推开古旧的木窗，原来挨着的就是流淌着的沱江了。于是我一下子被眼前的景象给震慑住了。

一条沱江水，两岸吊脚楼，满目灯红柳绿，一幅绝妙的沱江夜色图。

我们要了啤酒，也要了酒吧特制的鸡尾酒。那些三五成群的学生模样的年轻人，争先恐后地上台献歌。歌声并不纯正，但绝对是饱含情感。正值青春勃发的年龄，没有什么理由不让他们释放情怀。不时地去注目那些欢愉中的男女，心里自然也就跟着畅快多了。这样的时候是很容易让你忘记烦忧，忘记旅途劳顿的。

有一家临江的吊脚楼的窗口挂了两盏极为醒目的宫灯，我恍惚看到沈从文笔下某种特殊职业的女子，蓬了头，掩了胸，猛然从那已经关上的窗子里又伸出头来,对着已经离岸的水手喊:"我等着你。"但是,这样的场景并没有在眼前出现,那扇窗户也始终没有打开,也没有任何人透过那窗子向河上喊话,只有那些夜行船在江中游走。流淌着的沱江水淡化了凤凰的昨天,演绎着凤凰的今天,承载着凤凰的明天。

古色古香石板街

凤凰古城的石板街,两边古楼间夹杂着仿古的马赛克楼。

石板街是凤凰的主干道,也是凤凰的商业一条街。从前的石板街,打铁的、卖肉的汇于一条街上,热闹非凡;如今铁匠铺早没了,屠夫们去了专门的菜场,长长的巷子留给了斯文人家,卖字画器物,做蜡染银坊,还有餐饮、酒吧,以及那些卖姜糖的。

路过一个卖姜糖的小店,老板是一个黑瘦的汉子。他正在一个木架上做着他的姜糖,做法类似于山西的拉面手在晃面。那汉子看见我止了步,便顺手从那正在拉着的姜糖面筋上掐一块塞给了我。我一开始不敢去吃。汉子微笑着说,你放进嘴里试试,很好吃的。我轻轻咬了一小块,感觉味道真的不错。但我并没有买他的姜糖,而是不好意思地走开了。那汉子也没有任何不乐意的表情,而是依然淡笑着,做着他手中的活儿。姜糖的醇香在石板街上弥漫着,浸入我心扉的,还有姜糖作坊主人的淳朴厚道。

如今的凤凰城里,也许依然有无数漂泊在外的流浪者。石板街上有许多工匠和文人。银坊、蜡染,以及那些依次排开的工艺品铺子。

在一家工艺品店,卖一种由豆角做成的小挂件,引发了我们的好奇。在一个小孩子手掌大小的一个豆子的表面上,先是着色,然后是写上几个字,"我爱你""我真的好想你""老公是用来咬的""老婆是用来疼的""愿你每天都开心",真是既通俗又别致。那样的祝愿,真是恰到好处,又不贵,五块钱一个。店家趁机说,你们要是愿意让写什么,我们一会儿就做好了。古铜色的豆角,是被手艺人着了色的,然后配上漂亮的挂穗儿,很是惹人喜爱。你看到它,总会想到该给心爱的人买一个了。于是大家纷纷选好自己满意的,买了去。

石板街上的那些门店的经营者绝大多数是和善的。他们与南来北往的游人十分和蔼地说着话,在笑谈中说出自己的价格,看起来是那样地有节制、有分寸。一件商品,价砍到一定程度就不再砍了,然后笑眯眯的,劝说着你买走他的东西。

在一家银器店,我们选中了一副手镯。我们像在别的地方一样,拦腰砍价。那店家,一看就是那种忠厚善良的生意人,他不看我们,而是一边摆弄柜台里的那些银器,一边看着他身边的女人好像用商量的口吻说,不能卖的,有成本的。他的声音是那样低沉,好像怕声音高了会将我们吓跑一样。他身边的那个女人,也一样温和友善,她看着我们,对我们笑着,说是自己的作坊,可以便宜一点儿,但不能少到我们说出的价格了。我们说多要几副,应该再便宜一些的。那店家笑笑说,不可以的。你们可以到别的地方走走,看看,不过,可要注意成色,注意是不是纯银。我们离开那家银器店,然后继续一路走一路看。过了一个多小时,我们沿路返回的时候,街面上的铺子绝大多数已经关张了,当我们走到那家银器店前,店主远远地就跟我们打招呼。不说让我们买,却是对着我们笑着,说句"你们回来了",就像是一家亲戚或者熟人一样。我们自然又走进了他们的店里,那几副手镯还在放着。我们把在虹桥上买到的两个手镯拿出来让店家看,女人嘴快,笑笑说,你的这个是涂了色的铜手镯,他的这个是白铁做的。我们也笑了,我们告诉店家,这两件物品,我们也猜到不是银器了,因为我们只出了十五块钱。然后各自笑了。店家给我们讲了一些银器的知识。我们越加信任他，于是我们把早相中的银器给买下了。在我们付过钱之后，店家又说，你们要是想在买好的银器上刻什么字，我可以给你们打上去的，并一再说这是免费的。我在买好的手镯内侧写下了"凤凰古城"四个字，店家很快就刻好了。然后我们告别了店家，满意而去。

  凤凰人精明之中的诚实，诚实之中的精明，让我们感同身受。

  凤凰总归是一座有着文化底蕴的古城。凤凰城的诗文书画被泛化在石板街的每一个角落里。行走在凤凰，书香文墨四处飘溢，沈从文已经渐渐成为神话和历史，遥不可及，活着的黄永玉的气息因书画弥漫在古城的大街小巷。当许多年轻人看到了凤凰旅游业的兴起，正打算着守在家门口做生意，建一个小小的家庭旅社或者是开一个小小茶楼的时候，凤凰的时代已经不再是黄永玉所说的漂泊时代，而是开始挽留流浪者的脚步，漂泊的梦想渐渐地变成留守故乡的时代。没有了流浪的悲剧，凤凰变得越来越安详。曾经的挣扎的苦痛，渐渐转化成固守的甜蜜，或许，这就是我们一直想见到的真正的乐土凤凰？

  然而，怀旧的情绪在每一个人心底滋生着，我们总是怀念过去，怀想阡陌纵横，怀念鸡犬于道。在凤凰，最怀想的，恐怕还是那些石板街和木楼，而不是钢筋水泥的建筑，涂成青砖瓦屋的模样。但时光终究流逝了，从前一去不返。即使那些来凤凰写生的学子努力地要在画布上留下昨天的痕迹，他们也只能用彩色的笔调，在色彩流动中描绘着他们想象中的陈迹，石板路，倾斜的木屋，印满了岁月痕迹的城门和城墙。凤凰就像这画中的样子，抵挡不住前进的步伐，在古朴之外，越来越鲜艳，也越来越失真。

亦真亦幻沈从文

在沈从文故居里，有一张沈从文少年时代的照片。那是一张带着野性的照片，显出一个乡下小子无所畏惧的情状。这和后来我们经常可以看到的他戴着眼镜露出温柔和秀气的所有照片都截然不同，让我们很难与以后带着书卷气的沈从文联系在一起。事实上，当初穿着不合身的军装满不在乎地跟着部队清乡杀人，张口必称老子的沈从文，其实一开始就是一个野性难驯的小子。只是，经历改变着一个人，他可以成为一个天才，可以成为一个傻子，可以成为一个文豪，也可以成为一个杀人不眨眼的刽子手。

20世纪初的湘西一带，从军一直是当地人的一个传统的谋生手段。当年，尚不满十五岁的沈从文就离开了凤凰，开始了他的军旅生涯。1922年，沈从文脱离军队，走进了北京，从此开始了他的"从文"生涯。后来，他并没有继续文学创作，而是开始以文物研究者的身份，进入他人生的后半篇。沈从文以一个士兵的身份离开故土，文学界出现了一位文学大师，以一个文物研究专家的身份结束一生，最后回到了凤凰。

沈从文的墓碑上刻着同样是凤凰人的画家黄永玉的字：一个战士要不战死沙场，便是回到故乡。沈从文最终回到了凤凰，那是他在北京故去以后，亲人将他的骨灰带回来的。

先是军人沈从文，然后是作家沈从文，最后是文物专家沈从文，他的一生充满传奇，也充满波折。

在凤凰，我蓦然想起了沈从文的爱情。

记得十几年前，我们的现代文学老师曾对沈从文的爱情故事偏爱有加。于是，作为学生的我多次听他讲述沈从文与张兆和的爱情传奇。

那应该是20世纪30年代最初的几年里吧，不到三十岁的沈从文已经在北京文坛上站稳了脚跟，并且由徐志摩介绍，为胡适所欣赏，成为中国公学的一名教授。不久，他爱上了他的学生张兆和。于是，这个乡下人，跌入到无可逃避的无边的爱恋之中。一封又一封的求爱信，陆续传到了张兆和手中。张兆和是大家闺秀呀，哪经历过这等事情，面对自己老师的猛烈进攻，情急之下的张兆和抱着沈从文写给她的一大堆的信件去见了校长胡适。显而易见，张是不情愿的。胡适却微微一笑说，你愿意，就答应人家，不愿意了，就当没有这回事吧。好事往往多磨，最终多亏张兆和的二姐张允和的帮忙，才促成了这桩美事。

　　文人通常是浪漫的，文人一般也是愚钝、呆板、笨拙的。文人的浪漫表现在他的内心世界里，文人的笨拙表现在他的左右徘徊和瞻前顾后，然后是傻得可爱。就像徐志摩当年搭飞机去看陆小曼一样，他驾鹤而去，再没能回来，是浪漫，也是傻气。好在，女人因为喜欢男人的浪漫，而也就同样喜欢男人的笨拙可爱了。

　　沈从文因他成了名家而使他的爱情故事成了经典。后来，张家弟弟写过一个关于沈从文与张兆和婚恋的回忆文章，标题就是"二哥哥与三姐姐的爱情"。沈从文被称作沈二哥的，那张兆和也是被称作三姐的呀。由弟弟来书写姐姐的爱情，那一定是别有味道的，也差不多就似时下对明星的情爱写真了。

　　知识的力量，可以把一个人从生活的粗糙中隔离出来，进入到一种温柔的幻想中去。不仅是沈从文，很多人，都在书的诱惑下，与粗糙的生活渐次远去，回到自己被知识所激发的梦想中，并为之沉醉。阅读，可以把一个人的情感雕琢得格外柔和。

　　沈从文在"文革"的时候，曾有一段时间造反派专门让他去打扫女厕所。他曾给黄永玉写信说，永远拥抱着自己的工作不放。扫女厕所这样悲壮而滑稽的工作，在他看来，也是应该全力去做的事情。想一想，我们还有什么事不该乐意去做呢。

沈从文的一生，各种荣耀给他带来了美丽的光环，种种悲剧也无时不侵扰着他。一个柔弱文人却要让他来承受不能承受之重。活着和死后那些美丽的光环对他来说并不重要，而那些悲情的人生片段都将化作更大的孤寂，弥漫在他的内心深处。留给我们这些后辈的，是那些无尽的人生思绪。

赏析

本文以《凤凰行吟》为题，且行且吟，自然分为三个章节。前两节以写自然风光为主，兼及人文；后一节以写人物为主，兼及自然风光。作为一组游记散文，可谓景中有人，人中有景，借景抒情，情景交融，深得游记散文之三昧。

"精明之中的诚实，诚实之中的精明。"可以看作本节的主题，也是本节的线索。石板街是古色古香的，石板街又是现代时尚的。很多人也许是带着怀古之幽情造访凤凰古城、造访石板街的。但是逝者如斯，不舍昼夜。没有一成不变的风景，没有永远青春的山麓。时代在进步，社会在变革，而作为活着的边城，它的活力、它的迷人，正在于它纯朴之中的古风，它现代之中的原生。沱江水是迷人的，凤凰城是迷人的。但是，如果离开了江上精悍的船夫，如果离开了城中精明的商人，这一切的风景便失去了它厚重的底色，这美丽的风景便不再能冠之以伟大了。

凤凰栖息于沱江，沱江盘绕着凤凰。沱江水是清澈迷人的，凤凰城是古典浪漫的。如果只是写那山、那水、那城，虽然不乏清词丽句，不乏青山秀水，总让人感觉似乎缺少点什么。最后一节，作者似乎猜到了读者的心思，恰到好处地祭出了摄人心魄的重器——那里不仅有那水那城，更有那人那文。小小凤凰，藏龙卧虎；人杰地灵，人才辈出。很多人慕名前往凤凰，都是从认识沈从文、阅读《边城》开始的。可以说，《边城》一书，既是沈从文赖以成名的名片，也是凤凰城撒向全中国，乃至全世界的广告。是沱江的深沉含蓄、凤凰的典雅羞涩，孕育了沈从文，成就了《边城》，这是毋庸置疑的。沈从文和他的《边城》，又像慈母手中线织就的一件华美嫁衣，鲜衣怒马，招摇过市，引来无数人驻足观瞻。以这样不动声色却魅力十足、令人神往的姿态，默默地、持续地、虔诚地反哺着自己的故乡。沱江是幸运的，因为她的怀抱中有一只美丽的、振翅欲飞的凤凰；凤凰是幸运的，因为凤巢之中飞出了一只只金凤。

如果说平缓安静地穿过凤凰古城的沱江，像一位待字闺中的美丽少女，多多少少带有一些小家碧玉的温婉和羞涩，带有一些封闭和保守；那么，当沱江汇入长江、奔向大海，她犹如振翮的凤凰，好比成熟的少妇，增加了一分妩媚、二分大度、三分吉祥。这不正像是凤凰城中走出的沈从文、熊希龄、黄永玉等等大家走过的道路吗？

（翟学鹏）

游走恭王府

恭王府坐落在北京前海西街，约建于1776年，它的前身是乾隆皇帝宠臣、大学士和珅的私宅。嘉庆年间，由嘉庆赐给了其弟庆王，后又由咸丰皇帝赐予自己的六弟恭亲王奕䜣，从此称为恭王府。它是北京现存清代王府中布局最精美、保存最完整的一处王府。

一座恭王府，半部清朝史。从和珅宅第，到庆郡王府，再到恭亲王府，一百多年的风雨历程，演绎了一幕幕人世间悲喜剧。

十月的北京依然景色宜人。我们到达恭王府时，正是上午十点钟，阳光暖暖地照着百年王府，这座在奥运会期间才全方位对游人开放的百年王府，这时正是游人高峰的时候。整个王府内外，游人相拥出入，人们与其说是慕王府之名，不如说是慕和珅之名。这个号称"天下第一贪"的大贪官，究竟有着一个怎样的豪华府邸，每一位游客都充满了好奇。

走进恭王府，绿色的树木、翠绿的竹林夹杂在古建筑群中，交相辉映，给人一种沁人心脾的感觉。园内游客如织，欢声笑语在古色古香的王府楼宇间回荡。进园不远，就是园中著名景观"独乐峰"。这是一块天然孤石，高约五米，整块奇石如淡云舒卷，古朴典雅，又兼备影壁和屏风的作用。抬头仰望，只见"乐峰"二字，导游卖关子让我们寻找"独"字所在，众人寻而不见。后导游说出其中奥妙，原来"独"字隐于奇石的顶端，真是奇妙无穷，耐人回味，似乎蕴涵了人臣与帝王之间错综复杂的纷争之苦乐，以及文人雅士崇尚的心远地偏的清高心境。

  一个人的贪婪，从来就不曾被所谓的外在的清高所掩饰。导游引领我们走到一座二层长楼背后，指点着这座造型别致的建筑说，这就是当年和珅费尽心机修造的藏宝楼。当然，真楼早已灰飞烟灭，我们现在能看到的藏宝楼是后人的复制品。整整九十九间的藏宝楼，每一间的窗户的图案造型各不相同，据说是为了区分奇珍异宝的种类。每扇窗所对应的房间里究竟藏着什么奇珍异宝，只有和珅知道其中的奥秘。以我们浅陋的见识，甚至想象不出堆积如山的珍品究竟是一种怎样豪华的场面，有着怎样炫目的光彩。嘉庆四年正月，太上皇弘历归天，次日，嘉庆以迅雷不及掩耳之势削去了和珅军机大臣、九门提督两职，并且很快就抄了他的家，查抄金银珍宝总数约合白银2500万两，相当于国家一年财政收入的一半。被抄后，珍奇古玩不计其数，所以才有"和珅跌倒，嘉庆吃饱"一说。

  到了恭王府，一定要去看一看恭王府的大戏台。为了让游人真实感受当年王公大臣的悠闲自乐，戏园里每天都要分场次上演节目。进入戏园坐下，一边品着北京的大碗茶，一边看精彩的演出，真是一种绝妙的享受。令人生疑的是，为什么戏台上的演员不用现代音响设备，就能够声音浑厚响亮。问及原因，才知晓其中奥妙所在。原来，当初设计时，在戏台的底部安装了九口大水缸用来传音，相当于现在的麦克风，这种设置的传音效果的确不错，演员无须手持话筒，就可以把声音响亮地传送到观众耳中。

  和珅的聪明智慧在他的宅第表现得格外明显。皇上有的，他也要有。如，皇帝有金銮殿，他有银銮殿。皇帝没有的，他也想有。他把宫内的一个"福"字偷回了家，放在一个绝密的地方，让人找不到，拿不走。和珅把这个秘密隐藏在宅院的一座假山之下，实在是独具匠心，尤可见其贪婪狡诈的本性。

恭王府的假山是现今恭王府的主景之一，这座假山是用糯米浆砌成的，石体坚固如磐，山上置两口缸，缸底有管子通到假山的顶上，通过往缸中灌水的办法来增加院中的湿度，整个假山都长满了青苔。山前有小池，池后是山洞。洞的东、西部各有爬山洞，可盘旋上到洞顶的平台。

我们没有先去假山顶，而是先去了呈蝙蝠状的园子，这里曾是和珅的书房所在。据说在满人心中，蝙蝠象征着吉祥和富裕，所以园中的长廊处处充斥着大小不一的蝙蝠，据说共有九千九百九十九只。书房前面有一条呈蝙蝠状的平坦过道，取平步青云之意。随游客一起兴高采烈地走上园内的青云道，谁都企盼着体味一下青云直上的快感。站在邀月台，全园在望，真的就有了一种居高临下的快感。

带着快感缓步而下，走进假山山洞，便可见到恭王府"三绝"之一的"福"字碑，碑石高7.9米，贯穿整座假山，真所谓是"洞天福地"。当初康熙皇帝为其母祝寿时，特意写下了堪称天下第一"福"的字。康熙书法造诣颇深，但很少题字，而且这个福字的组成非常罕见，一个福字包含了"多财、多子、多寿、多田、多福"的"五福临门"之美好寓意，当年和珅一心想要把这等洪福归一己私有，于是悄然拿走，作为自己的镇宅之宝。

嘉庆皇帝抄家时，把和珅的一生积蓄全抄走了，唯独找不到这个福字碑。其实，后来嘉庆找到了也不敢拿走。因为聪明的和珅设了机关，皇帝想拿走，需要先搬掉这座假山，皇帝哪敢搬山呀，搬山就意味着是动摇江山，为了取福须先搬动江山，没了江山，还要什么福？可真是费尽心机。皇帝搬山不得，但可以杀头，和珅为此送了命。这正应了那句话，聪明反被聪明误。

漫步在绿树成荫、假山遍地的豪宅中，伴随着游人的欢声笑语，想象着府中旧时的繁华，真的有一种"逝者如斯夫"的感慨。百年的时光眨眼就过去了，古老的府第，曾经演绎了沧桑岁月的传奇。旧有的辉煌已被流淌的岁月湮没，荣华富贵不过是过眼烟云。现在只剩下沧桑而立的古柏和充满陈旧气息的古建筑，只有这些来来往往的游客还在为各自的生活奔波。

和珅在历史上可谓声名狼藉，令人不解的是，宠信他的人，恰恰是一位具有高超统治才能的政治家，参与造就了康乾盛世的乾隆皇帝。如果说，宠信和珅是乾隆政治生涯中的一处败笔，那么，造成这一败笔的因素又是什么呢？

和珅性恶，但并非不学无术，全靠曲意逢迎赢得乾隆帝二十多年如一日的宠信，这是万万做不到的。和珅幼年丧母，青年丧父，生活一度困窘，曾为改变命运而发奋苦读，精通满、汉、蒙、藏四种文字，能诗善画，可谓博学多才。和珅二十五岁，在銮仪卫当差时因机缘巧合被乾隆帝赏识，升为御前侍卫、正蓝旗满洲副都统，随侍乾隆左右，从此踏上飞黄腾达之路。乾隆四十一年，他就被提升为户部侍郎，仅在这一年内又相继加官至军机大臣、总管内务府大臣，调任镶黄旗满洲副都统，授国史馆副总裁，赏一品朝冠，兼任总管内务府三旗官兵事务，赐紫禁城骑马。

乾隆帝为什么对和珅偏爱有加？传说，一个妃子死了，因为妃子的死与乾隆有关，乾隆抱着死去的爱妃发誓要来世报答她，并在她的后耳梢点了朱砂。二十五年后，在宫廷当差的和珅与乾隆相遇了，乾隆觉得和珅怎么都像是那个妃子，是妃子转世的。这是传说，但和珅的博学，却是不争的事实。和珅当了銮仪卫后，依然读书不辍。勤奋刻苦，加上天资聪明，更兼相貌清秀俊逸，是八旗子弟中出类拔萃的人物。天赐机缘使乾隆帝对他格外垂青。然而，能够维持这种宠信二十多年不变，绝对是他苦心经营的结果。一个人在官场一帆风顺，一年一个台阶，那是多少官场中人羡慕的呀。而和珅却是一年三个台阶，二十岁是小卒，到了四十岁，就是大学士了。聪明、智慧、官运、天时、地利、人和，对和珅来说，一样都不可或缺。和珅是个大贪官，但是和珅对皇帝绝对忠心。在达到一人之下、万人之上的过程中，和珅深谙官场规则：全力以赴伺候好乾隆皇帝，对于太强硬的对手，该妥协时就妥协，对于弱于自己的同僚以至朋友，该出卖时就出卖。

然而，一个人对权力和金钱的贪婪，一旦膨胀，便难以自拔，直至自掘坟墓。当初和珅穷奢极欲，打造顶级府第，始终是以为儿媳，也就是乾隆帝最宠爱的小女儿打造私宅的名义而大兴土木的。但实质上却是为了满足自己的一己私欲。和珅为自己精心建造的华美宅第，只住了短短二十几年。乾隆一死，嘉庆就以二十条大罪将和珅治罪赐死，他的巨额财产入官，并旋即将公主府之外的其余部分全赐给了其同母弟弟庆王。

和珅在狱中时，正值元宵佳节，想起曾经与家人其乐融融的往日，触景生情，提笔写下了"上元夜狱中对月"两首诗，其中两句，常被后人引用，作为对和珅一生的总结，"百年原是梦，廿载枉劳神"。

在王府花园正门的汉白玉拱门的正反两面门顶，各有四个字，分别是"静含古太，秀挹恒春"。显然，静和秀，正是园主人希望达到的两个境界。然而，贪婪的本性让这座宅第的主人自己所期望的宁静、永恒、温暖中悄然远去，留给自己的，是一条由嘉庆皇帝亲赐的白绫。

庭院深深深几许，说不清的幽静，说不清的沧桑。朱红木柱，琉璃汉瓦，从鼎盛时期的豪华府邸到晚清王府，它向人们倾诉着一个千古不变的真谛：对一个人而言，如果不具有高尚的品德，才华反而是一种悲哀。一个人的生命是有限的，所以应该好好珍惜，如果欲壑难填，贪得无厌，便极容易过早地失去自由、快乐、健康、幸福，以至生命。

赏析

就体裁和题材而言，本文可算作以记叙为主的游记类散文。文章落笔，即介绍了恭王府的地理方位、建筑年代。"游走恭王府"，对王府宏伟之建筑、富贵之陈设，当然不能没有交代。这里有天然孤石的独乐峰，有别具匠心的藏宝楼，有演绎古今的大戏台；更有体现其权倾朝野的银銮殿、福字碑。作为写景的文字，都有比较清晰的记叙和描写。但是，中国从古至今的游记文学，从柳宗元《永州八记》，到王安石《游褒禅山记》、苏东坡《石钟山记》，都是以记叙作铺垫，以议论揭主旨，以记叙作考据，以议论揭义理。文以载道，文道合一，本文亦然。

"一个人的贪婪，从来就不曾被所谓的外在的清高所掩饰。""那么，造成这一败笔的因素又是什么呢？"作者对和珅的平步青云做了客观的叙述，也做了主观的探讨。和珅是"勤奋刻苦，加上天资聪明，更兼相貌清秀俊逸，是八旗子弟中出类拔萃的人物"，这是客观叙述。"然而，一个人对权力和金钱的贪婪，一旦膨胀，便难以自拔，直至自掘坟墓。"这是主观的探讨。

文章结尾，"对一个人而言，如果不具有高尚的品德，才华反而是一种悲哀。一个人的生命是有限的，所以应该好好珍惜。如果欲壑难填，贪得无厌，便极容易过早地失去自由、快乐、健康、幸福，以至生命"，篇末点题，卒章显志，可谓全文画龙点睛之笔。

（翟学鹏）

凝望纳木错

上午十一点钟左右,我们乘坐的旅游大巴在蜿蜒盘旋了两个多小时的盘山公路后,到达了俗称"519高地"的那根拉山口。

那根拉山口海拔5190米,是拉萨到纳木错的必经之路,也是行程中的最高点。游客在这里停留的时间很短,用导游的话说,你们都受不了那根拉山口的风。如果你们怕感冒,最好别下车。可来西藏旅游的人,一般都是初来乍到,只要身体没有太大的反应,一般是要下车拍照,领略高原风光的。

可是一下车,所有的人才感觉到了这山口的风是何其猛烈。这是七月初的西藏,夏天的西藏呀,可是,那山口的风,打在人身上,不仅让你站不稳,而且深感一种浑身通透般的寒冷。

但所有下车的人都硬是顶着猛烈的山风坚持拍照、观景。不知谁喊了声,快看,那不就是纳木错嘛。

远远望去,顺着那根拉山口延伸下去很远的地方,一片湛蓝的高原湖出现在我们眼前。

于是,这次不用导游催赶,都纷纷上了车,恨不得快一点儿到达纳木错,去领略这大自然的馈赠。

纳木错像蓝天降到地面,因湖面海拔很高,如同位于空中,故称天湖。藏语中,"错"是"湖"的意思,蒙古语称"腾格里海",也是天湖之意。它位于拉萨以北当雄县和那曲地区班戈县之间。在念青唐古拉山主峰以北,距离拉萨240公里,是西藏第三大咸水湖,也是世界上海拔最高的咸水湖。

纳木错海拔4718米，比拉萨海拔高1000多米。所以在纳木错的高原反应要严重得多。同行者中有一位反应尤其厉害，到了纳木错竟下不了车，只好留在车上吸氧休息。而我们在下车去湖边的过程中，有好几个人感觉气喘胸闷，两腿打战发软，走起路来头重脚轻，左摇右晃，随时都有跌倒或者滑倒的可能。只有这个时候，才真正感觉到什么叫心有余而力不足了。

纳木错的南部岸边为念青唐古拉山东段的山麓北侧，而湖的西北侧和北侧为高原上的低山丘陵。广阔的湖滨，草原绕湖四周，水草丰美，是天然的牧场。正值夏初，成群的野鸭飞来湖边栖息。湖泊周围野牦牛、野驴、山羊等野生动物和睦栖居。纳木错盛产细鳞鱼和无鳞鱼。湖水清澈，波光粼粼，与念青唐古拉山相映，风景秀丽迷人。

站在远处俯瞰纳木错，它的形状像静卧的金刚度母。湖的南面有乌龟梁、孔雀梁等18道梁，湖的北面有黄鸭岛、鹏鸟岛等18个岛，湖的四面有四座寺庙，据说这些寺庙的墙壁上有许多自然形成的佛像。湖中有三个大小不一的岛屿兀立于万顷碧波之中。岛上怪石嶙峋，峰林遍布，峰林之间还有自然连接的石桥，岛上地貌奇异多姿，巧夺天工。

我们在纳木错的停留时间只有三个小时。所以我们既不能登岛，也不能远行，只限定在湖边拍照，观览湖边风光，仰望远山。游人纷纷骑上牦牛拍照，弯腰掬起清澈的湖水戏闹。

相信每个来到纳木错的人，都会被纯净的湖水所洗涤。站在纳木错的岸边，这世界上最高最美的神湖让人震撼，仿佛置身于一个蓝色的世界。淡蓝、浅蓝、灰蓝、深蓝以及深邃如墨一样的黑蓝，这由浅而深的蓝色，蓝得清澈、蓝得丰润、蓝得迷人，似乎包容了世界上一切的蓝色。头顶深邃而爽朗的蓝天，与纯净的湖水浑然一体。远处雄奇的念青唐古拉山白皑皑的雪峰犹如琼楼玉宇，忽隐忽现。湖边的草地犹如一张巨大的绿毯，无边无际。浩瀚无际的湖面在微风中泛起涟漪。在阳光下，念青唐古拉山格外清晰，如一位威武的勇士守护着神奇迷人的纳木错。

看到当地一些藏民手持转经筒沿湖而行，一问，才晓得他们是在转湖。所谓转湖是当地藏民一种风俗，据说已经有了八百多年的历史了。

公元12世纪末，藏传佛教达隆噶举派创始人达隆塘巴扎西贝等高僧，曾到纳木错修习密宗要法，并始创羊年环绕纳木错之举。每逢羊年，诸佛、菩萨、护法神集会在纳木错设坛大兴法会。此时前往朝拜，转湖念经一次，胜过平时转湖念经十万次，其福无量。所以每到藏历羊年，僧俗信徒不惜长途跋涉，前来纳木错转湖。这一活动在四月十五达到高潮。每年都吸引着西藏和青海、四川、甘肃、云南的教徒们千里迢迢，历经艰辛，来纳木错转湖朝圣，以寻求神灵护佑。

听说湖中岛上有一处巨石，叫合掌石，也称父母石。相传它是念青唐古拉山神和纳木错女神的化身，象征他们忠贞不渝的爱情。

在世人的观念里，念青唐古拉是一个头戴盔甲，右手举着马鞭，左手拿着念珠，骑白马的勇猛之神。在藏北诸神灵中，最具权威，它拥有广大无边的北方疆域和大量的财宝。而纳木错相传是帝释天的女儿，她时常腾云驾雾，骑着飞龙，右手持龙头禅杖，左手拿佛镜，是深受民间尊崇的圣女。

雄伟峻拔的念青唐古拉山与碧波万顷的纳木错，犹如阳刚之气绝配阴柔之美，令高山仰慕，大地垂青。可谁曾料想，在有关纳木错的野史传说中，却同样流传着他们的私情轶事。

念青唐古拉山神对妻子钟爱有加，可他对一件事情一直耿耿于怀，觉得自己有愧于妻子纳木错。

事情是这样的。念青唐古拉山神虽然身为神灵之王,威震一方,但是西部的达尔果雪山经常进犯念青唐古拉山神领地,偷袭羊群马群。他想讨伐达尔果雪山,但又担心不能取胜,于是,他找到纳木错北岸山坡上一个叫扎古恶脸的神人,请他帮忙。这个扎古恶脸以狩猎为生,但法力无边。念青唐古拉山神找到扎古恶脸对他说,你住在我的领地,吃我的家畜,现在我需要你来帮忙,你去替我讨伐达尔果雪山,取胜之后,我可以满足你一个愿望。扎古恶脸二话没有说,出征讨伐达尔果雪山。达尔果雪山丝毫没有准备,于是仓促应战,经过几昼夜决斗,扎古恶脸获胜。念青唐古拉山神对扎古恶脸说:"你胜利归来,你有什么愿望,我满足你。"谁知扎古恶脸却说:"我不要你的财物,我要和你的妻子纳木错过一夜。"念青唐古拉十分为难,可是,他又觉得自己应该信守诺言。于是满足了他的要求。

这一天,扎古恶脸在纳木错的岸边放羊,突然在他面前出现一个"不像人间女儿,倒像天上公主"的美丽女人。她对扎古恶脸说:"我是来和你约会的。你想按你们人间的习俗呢,还是我们神仙的习俗。"扎古恶脸心想,人间的习俗,我已经尝过了,神仙是怎样过那种生活呢?于是,他对纳木错说:"我要按你们神仙的习俗。"话音刚落,一道绚丽的彩虹在纳木错与扎古恶脸之间闪了三下。然后纳木错说:"好了,等明年三月十五日月出时分,你到湖边来认领你的孩子吧。"说完消失于湖面。

第二年三月十五日,月亮刚从东方升起,扎古恶脸就来到湖边,他看到有一头母野牛正在舔着刚出生的牛犊。扎古恶脸见到野牛,想都没有多想,便拿弓箭射向野牛,没想正好射中那头刚出生的小牛。这时,纳木错显出人形,对扎古恶脸说:"你这个恶人,你知道你射死的小牛是谁吗?那是你的儿子,我们因缘已断。"纳木错说罢,流着泪消失于湖中。

为了自己的一句话、一个诺言，把自己的妻子拱手相送于人。这对一个男人，是何等的痛！可是，更让他心痛的，还不止这件事。这个众神中的尊神，却怎么也没有想到，自己的妻子竟背着他与人私通。他们之间的情感故事在民间口口相传至今。真是人间有私情，神灵也有情感危机啊。

在纳木错北岸约30公里处有一座山叫保吉山，与念青唐古拉山遥遥相望。当年威严俊秀的保吉山与念青唐古拉山的妻子纳木错因相邻而居，经常窃窃私语，慢慢地，日久生情，暗里私通。他们生下一个儿子叫唐拉札杰。保吉山和纳木错为了不让念青唐古拉山发现唐拉札杰，把唐拉札杰藏在保吉山以西6公里处的大坝附近。说来也奇，纳木错以北的地区无论从什么角度都能目睹念青唐古拉山的尊容，可就是站在唐拉札杰山却看不到念青唐古拉山。尽管唐拉札杰没有被念青唐古拉看到，可两人的私情终究还是被发现了。一次他们正在幽会，被念青唐古拉山发现。自己的妻子与保吉山私通，这还了得！保吉山正欲拔腿北逃，念青唐古拉山挥舞长刀，一下砍断了它的双腿，保吉山失去活动自由，待在念青唐古拉山脚下。从此，他与纳木错也情断唐古拉。

妻子改邪归正。念青唐古拉山依然愤愤不平，过去的夫妻情分显然受到了影响，但它只能以沉默替代所有的不能承受之重。而那些虔诚的善男信女，永远视念青唐古拉和纳木错为尊神，从古到今香客不断。纳木错，也成为他们心中的圣湖，顶礼膜拜。

离开纳木错，离开这个承载了圣洁与世俗秘闻的圣湖。眼前一望无际的草原，壮阔雄浑。草原上四处奔跑的土拨鼠，悄然凝望的藏羚羊，低头啃食的野牦牛，都让人感受到一种大自然的亲和力。而那散落在藏北草原的一顶顶帐篷上升起的缕缕青烟，给人以无尽遐想。

赏析

阅读《凝望纳木错》，我们仿佛跟随作者，做了一次向往已久的西藏之旅。

当一个作家要把眼中所见、心中所思，化作文字，向自然倾诉、与读者交流的时候；当他试图将大自然的鬼斧神工变成文章的时候，如何剪裁？如何加工？就成为文学创作的第一道门槛。很多文学爱好者，刚刚拿起笔来，想要有所表达的时候，要么被先辈大儒的鸿篇巨制所震慑，战战兢兢，畏首不前；要么志大才疏，眼高手低，草创成文，词不达意。作家的天资禀赋各异，不论生活阅历，还是个人修养，千姿百态，千差万别。构思有快慢，行文有难易。只有不断写作，才能增加积累。不论是描绘自然景色，还是刻画社会风貌，首先必须热爱生活，热爱文学，全身心地投入，然后才能激情澎湃，才思泉涌，有感而发。本文给了初学者一个很好的启迪，也是一个很好的范例。

很多中学生，谈到学语文，说"一怕周树人，二怕写作文"。这句话虽说有戏谑的成分，但恰恰戳中了当前语文教学的两个痛点：一是阅读，二是习作。单从习作来说，谋篇布局、材料剪裁、语言运用，一着不慎，满盘皆输。写什么？怎么写？一直是困扰中学语文教学的两大难题，也是压在中学生头上的两座大山。写什么？写眼前人，叙身边事，描自然景，抒由衷情。一切真诚、善良、美好的东西，都是中学生应该表达、乐于表达的东西。一个"真"字，是写作的前提，也是表现的核心。怎么写？古人云：水无常形，兵无常势，文无定法。一切虚构套作，一切空话套话，都是美文之大敌。文章不可以随心所欲、任意涂鸦。另一方面，虽然文无定法，可是天道有常。子曰："从心所欲，不逾矩。"只有天真之人能够爱，只有热爱之人能够写。你想从心所欲,你必须是一个天真之人,一个对生活、对自然、对社会充满热爱之人。

(翟学鹏)

桂花树上鸟喳喳

那几日，我住在了南方一个绿树成荫的院子里。那些楼群错落有致，没有城市里常见的那种密不透气的感觉。在这种别墅式的院落里，生长着一排排的桂花树。树周围有一片片绿绿的草坪做陪衬，草坪上有一些我叫不出名字的花草，红黄蓝白，各色各样，很是让人悦目赏心。

站在院子里，满树翠绿，浓浓的香气，真让人想多做几个深呼吸。

我住在三层，那些桂花树的树梢正好就顶在了窗外，香气可以从窗缝里挤进来。这是四月的南方，窗子不打开不足以让人感觉舒服的季节。

在北方，在我的家里，只有那棵橡皮树一如既往地泛着苍白般的绿。绿得令人忘记了它的存在。我是个对植物一窍不通的人。小时候我在农村，也是北方的农村。大了，我在城市，还是北方的城市。北方的四月，野外依然寸草不生，满目苍凉，给人一种惨不忍睹的感觉。

在南方，这种不分季节的绿树成荫的景致，总是让我留恋。可作为一个匆匆过客，白天总是没有足够的时间在房间里多待，更多的时候只是一个夜宿客，根本感受不到南方清晨里的宁静与悠然，更没有这种静听小鸟晨叫的经历。

突然想起来，我们是说好不早起床，约定要睡到自然醒的。

可是，越是这样，越是醒得比平时还早呢。揉揉眼，看看表，才五点多钟，可是自己分明醒了，是被窗外一阵叽叽喳喳的小鸟叫醒的。转过身来再听，这种叽叽喳喳的叫声，不是单一的小鸟在叫，而是许许多多的小鸟在叫，它们在进行着合唱般的鸣叫。这种叫法儿，让人不觉得心烦，甚至有点儿喜欢。本想继续入睡的，索性就不去睡了，就想静听这些鸟欢快的叽喳声。这种声音清脆动听。在北方，只有夜幕中的蟋蟀声、秋天里的蝉鸣，还有街巷里令人讨厌的狗吠。而此刻小鸟们的鸣叫，令人爱恋，令人心动，让人感怀，它的美妙如此动人。

推开窗子，那些桂树的枝梢就顶在了窗外，枝叶繁茂。树枝上那些早起的小鸟，一点儿也没有被我的举动惊扰，仍在继续它们的合唱，只是声音更大，更清脆，更响亮。其实，此时的窗外还沉浸在夜色之中。可能，它们入夜时就飞落在这些树枝上，经历一个夜晚的休整，现在正精力充沛地欢唱着。一开始叫声还有些微弱，甚至有些稀落。随后，鸣叫声由低缓而急促，由单声而合鸣，抑扬顿挫，此起彼伏，有序幕，有高潮，有慢板，有快板，行云流水，欢快清脆，恰如一支清晨合奏曲。

我一下子羡慕起南方的清晨了。

一个人，在这样人与自然和谐相处的环境中生活，心情怎能不好呢！这种身临其境、陶醉其中的优美，是无法言传的，也许，南方人习以为常了。

我突然就想到楼下，亲临这难觅的场景。

院子很大，是别墅式的建筑格局。房子错落有致，楼层并不高，只有五层，又多是复式结构。院子里小径纵横，显得格外开阔，站在院子里，感觉拥有足够的行走空间。绕行碎石铺成的曲径小路，靠近枝繁叶茂的桂花树，香气扑鼻，清香诱人。再加上这小鸟叽叽喳喳叫个不停，真是置身于极乐世界之中了。蓦然就想，在这样的地方，住上它一年两年，以至终老在这里，该是多么令人向往的事情呀。这样的环境，真是宜居之地。住在这样的舒适之地，自然而居，宁静而活，何其快乐啊！

我从农村来，在农村长大，但从小不怎么爱劳作，偏喜欢享受这种静中有声、声中能静的幽雅。伸手可触摸那些垂下的树枝，到处是撩人的香气，清新、清爽。拿起一个枝条，枝梢竟缀满了沉甸甸的桂花籽。用鼻子去嗅它们的气息，却是那种似有非有的淡然之气，不浓烈，却无处不在的那种沁人心脾般的气息。

那些小鸟，在高高的枝头，叫着闹着，不管不顾我的出现和存在，自由自在地为这宁静的清晨歌唱。它们也许觉得我不是坏人吧，知道我不会无端侵扰它们，也许误以为我就是这院子里的主人，是它们永久的听众和看客。

院子里，晨练的人们开始在树下晨练了。他们在小鸟的伴奏下起舞弄剑，我起得比他们迟。夜色刚刚退去，晨霞在空中游动。晨风轻拂，似凉又暖。有行人在院子里走动。小鸟在欢唱的同时，也在独享这清晨的宁静。在这样的清晨，它们是主角儿，树枝是它们的舞台。清晨的这段时间，是属于它们的时间，这树枝是它们独有的领地。

有一棵树上，挂着两只鸟笼子。那里面有几只画眉或者鹦鹉，它们同样加入了这清晨小鸟欢唱的行列里。与飞落在树枝上的那些小鸟一起合唱。我知道：这些笼中小鸟，受着主人的恩宠，但它们属于某一户人家的私有之物，置身笼中，没有自由；那些树梢上的小鸟，没有主人，它们可以自由飞翔，今天和明天，它们可以飞落在不同的树上，可以有所选择。但它们经风淋雨，承载着诸多不确定的灾难。它们经受的磨难要比这些尊贵的家鸟多得多。人与鸟，都想得到宠爱，都想拥有自由。可是，这是两难的选择。选择自由，就必将失去宠爱。选择被宠爱，就得承受约束，失去自由。

太阳升起来了，小鸟渐次飞散了。那笼子里的鸟也被主人带回家里。一切就像不曾发生一样。我也上楼回去了。

这清晨的乐趣到此为止了。我突然开始盼望第二天的清晨了。

第二天清晨，南方的清晨，窗外的雨下得很大，小鸟们竟在雨幕里叽叽喳喳地叫起来。它们似乎不怕雨淋，雨对它们的歌唱似乎没有任何影响。只是，在叽叽喳喳的鸟鸣中，多了雨打树叶的声音。风声、雨声、鸟鸣声，多声部合奏，真是美妙极了，我也想弄出一些声响来跟这窗外的鸟儿们来一个共鸣呢。突然就觉得，这雨天的清晨，依然是属于小鸟的世界。鸟儿的世界其实比人的世界更大更广，就像小鸟可以比人飞得更高更远一样。想一想，再过几日，我就要离开这里了。它们依然会在这里歌唱，而那个仰慕它们的听众，他却要走了。他只是这里的一位匆匆过客，来也匆匆，去也匆匆。

南方的雨，来得快，去得也快。一夜下雨，清晨却又阳光明媚。每到清晨，无论阴晴，小鸟都会如约在院子里的桂花树上鸣叫。而这种动听的鸟鸣声，成了我在南方清晨最乐意聆听到的美妙声乐。

南方这独有的鸟鸣的清晨，它让我感到了一种满足，一种被自然之物激活心绪的感觉，一种被无名幸福浸泡的感觉。我喜欢这种充满爱恋和满足的感觉。我知道，等我回到北方，我就感受不到这南方独有的气息了。

这香气，这宁静，这鸟鸣，或将成为我挥之不去的一份永恒的记忆。

赏 析

一看标题，读者就知道这是一篇写景抒情、托物言志的散文。此类文章，写景为宾，抒情为主；托物为宾，言志为主。写眼中之景易，抒心中之情难；托客观物象易，言主观之志难。

本文抒什么样的情？言什么样的志？哪里是抒情？哪里是言志？古人云：揭文章之旨，或在篇首，或在篇末，或在篇中。在篇首，则后必应之；在篇末，则前必呼之；在篇中，则前呼之，后应之。叶圣陶先生也说："作者思有路，遵路识斯真。"作者心中之思路，正是读者眼中之章法。

本文先写树，后写鸟，继之以抒情言志。各式树木花草，"红黄蓝白，各色各样，很是让人悦目赏心"，"满树翠绿，浓浓的香气"。"在南方，这种不分季节的绿树成荫的景致，总是让我留恋。"作为一个北方人，作为一个异乡人，每到一陌生之地，尤其到了江南，感触最深的便是当地物候气象、植物花卉。因为这些景色鲜艳夺目，别有风致，是故乡所没有的。缀满沉甸甸的桂花籽的桂树，把连片成荫的桂树和各色乔木当作自己演艺舞台的叽叽喳喳的小鸟，"鸣叫声由低缓而急促，由单声而合鸣，抑扬顿挫，此起彼伏，有序幕，有高潮，有慢板，有快板，行云流水，欢快清脆，恰如一支清晨合奏曲"。作者对这支"清晨合奏曲"的描绘，除非亲临，难以臆测。

天人合一，和谐共生，自古以来就是中国人的一种审美取向、一种价值追求。"这香气，这宁静，这鸟鸣，或将成为我挥之不去的一份永恒的记忆。"文章的结尾，揭示文章主旨，深得托物言志之妙。

（翟学鹏）

风过三垂冈

　　公元884年秋，在汴州驿馆上源驿，一场盛大的"鸿门宴"正在举行。值此中原大地多事之秋，历史走进了混沌不明的迷雾中。晚唐盛宴悄然改变着中国的历史走向。此刻，两个重量级人物粉墨上场。一个是唐朝大将宣武军节度使朱温，他本是唐末黄巢起义军的将领，后反水降唐成为唐将，据守中原汴州。一个是唐朝大将河东节度使李克用，代表着以太原为中心的河东集团。李克用此时刚满二十八岁，刚刚与朱温合力夹攻，将农民起义军黄巢的主力围剿了。两人可谓功勋卓著。李克用，沙陀人，人称"飞虎子"，因为一只眼有疾，绰号"独眼龙"。李克用年轻气盛，不可一世。朱温摆庆功宴，名为款待功臣，实则居功自傲，唯我独尊。朱温期待众望所归，一呼百应。偏偏年轻气盛的李克用在宴会上锋芒毕露，处处逞强。朱温表面上把酒言欢，内心却暗藏杀机。但朱温没有当场发作，也没有点破，他把重头戏放在了宴会之后。宴会刚刚结束，朱温号令早已埋伏好的伏兵一拥而上，痛下杀手，将李克用的三百亲兵悉数斩杀。李克用大难不死，趁着突然而至的暴雨，在一名亲兵协助下得以逃脱。昔日并肩作战的战友成为仇敌，两大军事集团的争斗从此拉开序幕。

　　自古上党天下脊。上党，也就是古潞州之地，战略地位极为重要，自古为兵家必争之地。谁占据了上党，就可以囊括三晋，问鼎中原。因此，从公元883年至907年，二十多年间，朱温与李克用反反复复争夺上党，主要城池、关隘先后多次易手，战事堪称惨烈。

三垂冈在今山西省长治市郊，位于潞州区和潞城区的交界处，由东往西三座大山一字排开，依次为大冈山、二冈山、三冈山，故被称为三垂冈。三垂冈延绵六七华里，在上党盆地突起，形成一道天然屏障。三垂冈是土石冈，没有壁立千仞，更无峰插云霄，很不起眼，却因发生过李克用父子与后梁朱温旷日持久的征战，尤其是那场"夹寨之战"，清代诗人严遂成写下怀念三垂冈之战的七言律诗《三垂冈》，后又被伟人毛泽东手书大气磅礴的《三垂冈》书法巨作，才得以名扬后世。毛泽东是中国历史上前所未有的伟人，他饱览古代典籍，对古代非凡人物特别是军事奇才的业绩，应该说是了如指掌。他对发生在三垂冈的史事饶有兴趣，于是挥笔书写《三垂冈》一诗。《三垂冈》笔墨雄健，大气磅礴，堪称毛泽东的书法精品。

三垂冈作为一处著名的战场遗址，被众多文人墨客吟诵，承载了许多许多的历史文化。

据清末武进人刘翰所著《李克用置酒三垂冈赋》描述："漳水风寒，潞城云紫。浩气横飞，雄狮直指。与诸君痛饮，血战余生。命乐部长歌，心惊不已。"

公元907年，朱温称帝，建立后梁。自此，中国历史上的五代正式开启，这也预示着大唐王朝的灭亡。但唯独雄居河东的李克用坚信唐朝并没有终结。他以"勤王讨逆"为旗号，与朱温展开了旷日持久的战争，潞州城外的三垂冈，作为两军屡屡对垒之地，血雨腥风，铁马金戈。

公元908年，李克用壮志未酬身先死。李克用临死前，将儿子李存勖封为晋王，并亲手将三支箭递给李存勖，叮嘱他务必完成三个使命：一是解潞州之围，消灭盘踞幽州的刘仁恭、刘守光集团；二是平定契丹；三是消灭后梁朱温。已经建立后梁的朱温，是李家的宿敌，也是李家父子多年的心病，铲除后梁兴复大唐成为李克用的最大夙愿。为牢记父王的遗训，李存勖将父亲李克用临终前亲手交给自己的三支箭就供奉在家庙里。

李克用死时，外面黄沙满天。朱温大军十万，陈兵潞州城外，强攻潞州。潞州守将是李克用的部下李嗣昭，他紧闭城关，固守不出。梁军久攻不克，便在上党城郊筑起一道小长城，状如蚰蜒，内防攻击，外拒援兵，谓之"夹寨"。两军相峙日久，战事进入胶着状态。

李存勖召集众将说："梁人幸我大丧，谓我少而新立，无能为也，宜乘其怠击之。"李存勖说服众将，亲率大军，由太原出发，疾驰六日，进抵潞州北郊的三垂冈。

在三垂冈，李存勖蓦然想起当年其父在此鼓瑟饮酒的情景，不禁触景生情，感慨万千："此先王置酒处也！"

李存勖所指的"先王置酒处"，即为二十年前李克用与朱温两军对垒时的一个场景。历史总是惊人的相似。此情此景，让集家仇国恨于一身的李存勖感慨万千。

据欧阳修的《新五代史》记载：当初，李克用破孟方立于邢州，还军上党，置酒三垂冈，命伶人奏《百年歌》，吟诵至衰老段落，曲声甚悲，满座皆凄怆。当时，李存勖就在李克用身旁，年仅五岁，但李克用独喜爱幼子李存勖的聪慧，他慨然捋须，指着年幼的李存勖而笑曰："吾行老矣，此奇儿也，后二十年，其能代我战于此乎！"

是父亲的高瞻远瞩，还是儿子的争气给脸，恰恰是二十年后，李存勖亲率大军与后梁朱温的军队再次对峙于三垂冈。

李存勖用兵，以出奇制胜。李存勖将全军沿潞州城郊隐蔽集结，后梁大军竟毫无察觉。次日凌晨，"天大雾昼瞑，兵行雾中"。李存勖借大雾的掩护，一鼓作气，直捣后梁军夹寨。此时后梁军尚在梦中，仓促不及应战，被李存勖所部斩首万余，余众向南奔逃，填塞道路。后梁军符道昭等将官三百人被俘，只有百余骑出天井关而逃。

在汴梁的朱温闻讯，惊叹道："生子当如是。李氏不亡矣！"后梁皇帝朱温竟对自己的宿敌发出如此感叹。自此，晋王李存勖与后梁朱温隔黄河相望，形成对峙之势。

这场以三垂冈为主战场的夹寨之战，前后历经一年之久，因它的巨大影响力，被载入史册。这场经典战役距"李克用置酒三垂岗"恰恰二十年。

八百年风过三垂冈。清雍正二年，湖州人严遂成进士及第，赴山西临县知县任。严遂成"天才骏发，为诗兼雄奇绮丽之长，工于咏物，读史诗尤隽"，曾自负为"咏古第一"。他与袁牧等六人并称为"浙西六家"。或许他亲临潞州过三垂岗，或许他根本就没有来过潞州，而是伏案读史，三十岁的青年才俊严遂成，有感李克用父子当年屡次征战上党，置酒三垂冈之事，挥毫作《三垂冈》。

英雄立马起沙陀，奈此朱梁跋扈何！
只手难扶唐社稷，连城犹拥晋山河。
风云帐下奇儿在，鼓角灯前老泪多。
萧瑟三垂冈下路，至今人唱百年歌。

《三垂冈》一诗虽然只有短短五十六字，却气势宏阔，刻画出了李克用父子气盖万夫的英雄气概。它囊括史事，融贯古今，起首、结尾非同凡响，对仗工整，用笔老辣。就诗歌本身而言，此诗自是佳作，尤其"风云帐下奇儿在，鼓角灯前老泪多"二句，更是神来之笔，人物形象跃然纸上，给人以悲凉之感。

其实，《三垂冈》一诗主要概述李克用为复兴大唐，多年与朱温征战的史实，较为细腻地剖析了李克用壮志未酬的内心世界，并没有直接描写李克用死后，李存勖继承父志，决战三垂冈的战事。比较详实地描述李克用、李存勖父子争夺上党、决战三垂冈的，是宋代欧阳修所撰《新五代史·唐庄宗本纪》以及清末刘翰所著《李克用置酒三垂冈赋》。

唐末天下大乱，群雄逐鹿，沙陀人李克用崛起，一生征伐，创立了"连城犹拥晋山河"的基业。李克用置酒三垂冈，气壮山河，可歌可泣。李存勖父死子继，一生征讨，尤其以三垂冈之战载入史册，进而一举消灭后梁政权，统一北方，建立了后唐。李存勖与朱温军队的夹寨之战，属于长途奔袭，以隐蔽奇袭取胜。李存勖在三垂冈大战而胜，为称霸中原举行了奠基礼，三垂冈由此被载入史册。

李存勖英雄盖世，最终建立伟业。但他称帝后的悲惨结局，令人唏嘘。

从公元908年始，李存勖牢记并适时精准地采取了父亲李克用的"三箭之嘱"，很快就解了潞州之围，于公元914年平定了盘踞幽州的刘仁恭集团，公元923年消灭了仇敌朱温建立的后梁，建立了后唐。公元923年，李存勖称帝，国号大唐，史称后唐。同年灭后梁，定都洛阳。这一年，李存勖年仅三十八岁。但李存勖称帝后，却因过度迷恋戏剧，宠幸伶人，荒废帝业，做皇帝仅三年，就落得个身首异处的下场。坊间曾有"三年河东变河西，先智后昏李存勖"之说。

在五代诸帝中，李存勖的文治武功，无出其右者。李存勖的祖辈都是武将，虽不能说是目不识丁，却也没有什么文才出众之辈，但李存勖本人却是文武全才。尤其是他通晓音律，能谱曲，可自制词谱，作"军歌"。不过，有文才不同于有文治，李存勖文才尚可，文治却是一塌糊涂。"武功"将他推上巅峰，天下英雄莫不仰视，"文治"却将他推下高台，令世人不齿。李存勖平定中原后志得意满，开始把他幼年时的喜好发挥到了极致，把江山社稷一同带进了他所喜爱的艺术世界里，把伶人的地位提高到了前所未有的高度，而与他一起出生入死浴血征战的功臣武将被弃用，那些从小跟他一起演戏的伶人逆转直上占据了重要岗位。伶人和宦官当政，这也成为后唐历史上一道空前绝后的奇特景观。

李存勖曾命宦官和伶人采择大量民女，充实后宫。公元926年，李存勖听信宦官和伶人的谗言，将功勋卓著的平定前蜀的郭崇韬杀死。不久，魏州等地发生兵变，之后，京城也相继发生叛乱。伶人出身的亲军将领郭从谦，平日把郭崇韬当成自己的叔父，关系密切。郭崇韬被杀后，郭从谦率部攻打城门，李存勖亲率近卫骑兵出击。但他已众叛亲离，这个曾经叱咤风云的武士，现在孤立无援，独自拼杀。在无比的失落和痛苦中，李存勖被一箭射中，称帝仅三年，便死于非命。李存勖编戏、演戏都是高手，而在戏外的现实世界里，他以自己的生命编写了一场无与伦比的悲喜剧。伶人、乐器和弓箭，贯穿了李存勖戏剧性的一生，得到了淋漓尽致的演绎。

欧阳修曾用"君以此始，必以此终"，形象地概括了李存勖跌宕起伏的一生。刘翰也在《李克用置酒三垂冈赋》中发出"茫茫百感，问英雄今安在哉！了了小时，岂帝王自有真也"的感慨。作为帝王的李存勖和作为伶人的李存勖，在他的生命行将终结，在他的江山到了最后一刻，可否想到了他曾经叱咤风云的短暂一生，那些血雨腥风的场景是否在他的眼前浮现？

一个雪后的冬日，独自伫立三垂冈这一古战场遗址，但见茫茫雪野，沉寂不语。深藏在太行山皱褶里的这片神奇的土地，曾经多少次改朝换代的血雨腥风，都给它打上了不可磨灭的历史烙印。山冈依在，旧迹难寻，就好似这里从未发生过任何战事一样。凝望千年古冈，已不见英雄立马，三垂冈畔，只有寒风萧瑟。往事越千年，风流已被雨打风吹去。

转身离开时，不禁心生感慨，竟也偶有所得：英雄置酒绘山河，血雨腥风岂奈何。古冈千年依旧在，今人已忘百年歌。

赏析

本文写唐末之风云变幻，后唐之乱世盛衰。既写潞州故土关隘之险要，土地之肥沃，更刻画李克用、李存勖父子相继励精图治；誓雪三耻，立国自强；耽于淫乐，败于伶宦。正如民谚所云："三年河东变河西，先智后昏李存勖。"

李存勖气吞万里如虎，有万夫不当之勇。尤其三垂冈之战，他力排众议，率军亲征，出奇制胜，一战成名，气壮山河。作为一个独立的个体，作为一个统帅三军、冲锋陷阵的将领，李存勖一生征伐，叱咤风云，攻无不克，战无不胜，上马能武，下马能文，通晓音律，志得意满，绝后空前。作为一方诸侯的领袖，作为一个志在九州、永葆千秋的帝王，李存勖复兴大唐，征战梁燕，其霸业虽成，惜其不终；迷恋戏曲，宠幸伶人；门分九品，人划三等；宦官后宫，儿女私情。用一句话来概括他："做个优伶真风流，可怜薄命做君王。"

《尚书》有云："功崇惟志，业广惟勤。"作家三毛说："一个人的气质里，藏着他走过的路，读过的书，爱过的人。"中国是一个有着五千多年历史的文明古国，五千多年历史产生了千千万万的民族英雄。"读史使人明志，读诗使人聪慧。"纵观后唐庄宗李存勖的一生，他有过辉煌的成功，最终万劫不复，但仍不失为一代枭雄，不失为一位失败的英雄。即使英雄末路，他依然亲率近卫骑兵出击，乃至独自拼杀，在无比的失落和痛苦中，死于战场。可以说，李存勖直到生命的最后时刻，依旧保持了英雄本色，甚至将个人英雄主义发挥到了极致。这也是为什么后人对其褒扬甚多的一个重要因素。

千百年来，我们伟大的中华民族虽然历经磨难，却从不被任何困难所压垮，从不被任何敌人所战胜；饱经苦难，备受欺凌，却不屈不挠。这也许才是我们民族的精神，这也许才是本文的主旨！

（翟学鹏）

一生只为爱，未留片刻暖

　　太阳在园子里显得特别大。花开了，就像花睡醒了似的。鸟飞了，就像鸟上天了似的。虫子叫了，就像虫子在说话似的。一切都活了，要做什么，就做什么，要怎么样，就怎么样，都是自由的。倭瓜愿意爬上架就爬上架，愿意爬上房就爬上房。黄瓜愿意开一谎花，就开一谎花，愿意结一个黄瓜，就结一个黄瓜。玉米愿意长多高就长多高，它若愿意长上天去，也没有人管。蝴蝶随意地飞，一会从墙头上飞来一对黄蝴蝶，一会又从墙头上飞走了一只白蝴蝶。它们是从谁家来的，又飞到谁家去，太阳也不知道这个，只是天空蓝悠悠的，又高又远。

　　我玩累了，就在房子底下找个阴凉的地方睡着了，不用枕头，不用席子，把草帽遮在脸上就睡着了。

这段文字出自小学课本《我和祖父的园子》，写下这段文字的，是现代女作家萧红，那个三十一岁就早早离世的可怜女子，她的才情、她的传奇经历，曾经令我感怀。那还是在20世纪90年代初，在现代文学课上，我们的那位对萧红有过专门研究的老师，曾反反复复在课堂上提及这位传奇女作家，并让我们好好读她的《生死场》，读她的《呼兰河传》。怎么也不会想到，二十多年后的这个夏末，让我有机会真正走进呼兰河，走近这位女作家。

那天，我从哈尔滨火车站挤上551路公交车，坐了一个多小时的车，到了呼兰区，走进了萧红故居。

萧红故居占地面积3500平方米，是萧红的出生地。故居为清末传统八旗式住宅，青砖青瓦，土木建造，青砖院墙，正门门楣上悬"萧红故居"的横匾，院内五间正房，迎门堂屋摆放着萧红故居原貌沙盘，东西间是陈列室。院内有一座两米高汉白玉的萧红塑像。我进了园子的时候，试图去寻觅那个小姑娘的身影，那个头枕着地，仰视天空的小姑娘。可是，眼前空旷的一个园子，草丛茂密，花开正浓。浓烈的油漆味让我不能久留，我看到几个油漆工在油漆着那些有点儿陈旧的窗棂。在萧红纪念馆，我浏览了萧红的一生，了解了她的经历与性格走向、她的爱与恨的脉络。一个女子，20世纪30年代的女子，经历着战火纷飞的岁月，她多想找棵大树依靠，多么渴望找到能给予她温暖的胸膛，就像小时候一样，在祖父的陪伴下，静静躺在自家的园子里，头枕着草地，仰望着天空，随心所想，享受宁静与幸福。可是，现实与理想的距离太远太远，现实是黑云压城城欲摧的战乱背景。那些本想依赖的男人，一个个都似乎不可靠。偏偏，她又不可能离开他们而独立。一个弱女子，怎么去独自面对生死存亡，还有那捉摸不定的爱恨情仇？

我一直觉得，一个女人，即使她是一位作家，也同样还是一个普通的女人，所有的曲折经历也许取决于一个人的个性。譬如萧红，一路颠沛流离，一路情殇，从异乡奔向异乡，从期望到失望，最终的结局究竟是什么造成的？她一生追求自由，追求爱，是一个一生不停息的漂泊者。最终，她依然是一个漂泊者，而漂泊者，就肯定是一直走在路上，即使是生命的最后一刻。

从本质上来说，萧红是一个善于描写私人经验的作家，文学与人生，是萧红人生的两条交叉线，由远而近，然后合二为一，但最终又渐行渐远，无法再交叉。在文学中，她找到了个人价值和心灵自由，而在人生际遇上，则颠沛流离，直至走向生命的终结。她短暂的一生当中，身边一直不缺少男人，但在内心深处，她是孤独的，一颗孤独无援的心在游移。从东北的呼兰，到南国的香港，那颗漂泊的心一如她的经历，在辗转的旅途中无法安放。萧红作为一个有着女性和穷人双重视角的女作家，是游离于主流文学而被长期忽略的。而作为一个女人，她与不同男人之间飘忽不定的情感经历，始终为世人所窥视。正如一位香港作家所说："她在那个时代，烽火漫天，居无定处，爱国爱人都是一件很困难的事，而她又是爱得很深的人，正因如此，她受伤也愈深。命中注定，她爱上的男人，都最懂伤她。"

萧红出生在当地的一个封建地主家庭，萧红的童年并不美好，生母早亡，父亲续弦后，继母与萧红姐弟的感情并不亲密。萧红生母死时她才九岁，而继母梁亚兰到张家时只有二十一岁，还没学会怎样做人妻人母。即使她想做个好母亲，偏偏萧红并不接纳她，她的不满只有向丈夫诉说。萧红和年轻的继母之间，冷漠是相互的。而作为父亲，听到后妻的抱怨，只知道一味地去责骂幼小的萧红。

家中最疼爱萧红的是年迈的祖父，萧红常跟着祖父一起在后花园里栽花、种菜、拔草、捉蝴蝶。祖母死后，萧红搬到祖父屋里住，祖父由着她玩，也教她读诗。这便是祖父留给萧红的童年记忆，这些仅有的美好记忆，成就了这位天才女作家日后的文学想象。这后花园，就是后来出现在《呼兰河传》里面的大花园。

在呼兰，站在那些代表萧红经历的陈旧图片前，我试图抽丝剥茧，去捋清萧红与几个男人间的种种瓜葛，那种剪不断理还乱的思绪萦绕在我的脑际。陆哲舜、汪恩甲、萧军、端木蕻良、骆宾基以至鲁迅，他们与萧红的关系到底怎样？

少女时代的萧红，曾被家里订了婚。在那个旧时代里，这应该是一种普遍的现象而并非是她的一种特例。有据可查，她的未婚夫叫汪恩甲。萧红初中读完并没有放弃自己学业的想法。当时她认识了一个表哥叫陆哲舜，是当时哈尔滨法政大学的学生，与萧红相识后，鼓励萧红去北平读书。二人在北平读书的时间并不长，由于陆家切断经济来源，萧红与陆哲舜不得不回到哈尔滨。

在哈尔滨，萧红最终还是接纳了汪恩甲。两人住进了哈尔滨的东兴顺旅馆，同居了。萧红怀孕后，汪恩甲却失踪。汪恩甲这个人物的形象很负面，其实，萧红一开始对这个婚姻并无恶感。两家也算是门当户对。后来，萧红偶然发现他有抽大烟的恶习，心里有些厌恶。但萧红的文字里自始至终对汪并没有只言片语的负面评价，由此可推断汪应该是一个本性不坏的男人。最后，他在东兴顺旅馆弃萧红而去，至今没有材料说明原因，因而是一个谜案。

萧红怀孕时困居旅馆，处境艰难。但她并非一个平凡的女子，她写信向哈尔滨《国际协报》的副刊编辑裴馨园求助。裴馨园多次派萧军到旅馆给萧红送书刊，两位文学青年因此开始了相互爱慕。

1932年，松花江决堤，由于萧红欠旅馆的钱太多，旅馆不让萧红离开。据传是萧军趁夜租了一条小船，用绳子把萧红救出了困境。不久萧红在医院分娩，六天后，萧红亲手将这个出生才六天的孩子送人。

出院后，萧红与萧军住进当地的欧罗巴旅馆，开始了一段贫苦但甜蜜的生活，同时，萧红也迎来了自己的创作黄金期。但是，萧军并未把萧红当成自己最后的归宿。在萧军心底，萧红一直不是他的妻子。她只是他阶段性的一个女人，而不是他的妻子。这样的界限分明，隐藏在他的心底，但并非是秘不告人，他说："她单纯、淳厚、倔强，有才能，我爱她，但她不是妻子，尤其不是我的。"如此泾渭分明的心理界线，让两个有着共同爱好的年轻人，始终处在一种若即若离的状态中。萧红与萧军的爱情故事，曾被人们作为茶余饭后的谈资。

萧红与萧军曾出版过合集《跋涉》。二人对鲁迅十分敬仰，经常与鲁迅有书信往来。鲁迅在看过他们的作品后，将二人邀请至上海。到上海后，在鲁迅指导下，萧红发表了小说《生死场》，萧军发表了《八月的乡村》。《生死场》以萧红被软禁在阿城张家地主庄园的那几个月的见闻为素材，描绘出了东北乡村的荒野图，是萧红极为天才的想象和创造。

1938年1月，萧红、萧军、聂绀弩、艾青、田间、端木蕻良等人应民族革命大学副校长李公朴之邀，离开武汉到临汾的民族革命大学任教。萧红在校担任文艺指导员。2月，萧红与丁玲率领的西北战地服务团一起去西安，萧红结识了丁玲，并建立深厚的友谊。3月初，萧红抵达西安，住进八路军驻西安办事处，与塞克、端木蕻良、聂绀弩等人共同创作三幕剧《突击》。萧红发现自己怀孕了，想找医生堕胎未果。4月初，萧军随丁玲、聂绀弩来到八路军驻西安办事处。萧红向萧军正式提出分手，其后明确与端木蕻良的恋爱关系。

东北作家端木蕻良是萧红生命中的第三个男人。萧红跟端木蕻良是在上海的《七月》筹备会上认识的。端木十分欣赏萧红的文学才华，两人彼此有了好感，萧红很快就与端木蕻良相爱。这件事在当时的文艺圈中颇受非议。当时左翼文学圈子里的人对端木普遍没有好感。萧红和端木立即遭到"友情封锁"。此前，跟她和萧军来往的一些作家朋友，也大多不来往了。但萧红我行我素、一意孤行的个性，发挥到了极致。

4月，萧红与端木蕻良一起回到武汉，再次入住小金龙巷。5月，萧红与端木蕻良在汉口的大同酒家举行婚礼，很快与胡风等人一起抵达重庆。萧红去了江津，并且在江津一家私人妇产医院产下一名男婴。产后第四天，她告知好友白朗，孩子头天夜里抽风死了。据白朗后来回忆说，就在孩子夭折前一天，萧红曾向她索要过去痛片，说是自己牙痛。白朗给了她药片，第二天一早孩子就死了。至于孩子的真正死因至今成谜。几天后，萧红离开江津返回重庆。回到重庆后，萧红住在米花街小胡同池田寓所，开始潜心创作。萧红在重庆期间患上了肺结核。同期她写下了很多关于鲁迅的文章。

萧红结束了与萧军那段既爱且痛的恋情，应该说萧红是清醒的。她与萧军的关系，本来就是一种模糊不清、难以界定的关系。二人之间，有爱情、有亲情、有同情、有婚姻。在爱情与婚姻之间，最怕的就是两个清醒之人，而二萧两人，却是难有的清醒，所以，才会走向终结。没有谁怨谁的定论，没有谁对谁错的界定，只有清醒者的自觉选择。

端木蕻良曾是萧红和萧军共同的朋友，跟粗犷的萧军不同，端木性情阴柔，他曾评价萧红的文学成就一定会超越萧军，这恰恰让萧红找回了久违的自尊。当萧红终于下定决心跟萧军分手时，她已经怀了萧军的孩子，但她和端木仍于五个月后，在武汉举行婚礼。

对与端木的这段感情，萧红曾经这样形容："我和端木蕻良没有什么罗曼蒂克的恋爱史。是我在决定同三郎（萧军）永远分开的时候我才发现了端木蕻良。我对端木蕻良没有什么过高的要求，我只想过正常的老百姓式的夫妻生活，没有争吵、没有打闹、没有不忠、没有讥笑，有的只是互相谅解、爱护、体贴。"

一个女人，她把自己的婚姻定位到了最低水准。但是，这个端木，他的个性和他既往的优越生活决定了他并非是一个值得依靠的人。至今仍有人诟病他在两次危难之际不顾萧红而去的行为，并将萧红的去世也归罪于他。其实，人与人的不同，事与事的不同，事后评说，难免有失公允。世人给端木的期望值太高，但在萧红心中，她的定位是恰当的，一个曾经追求自由、浪漫的女人，她把自己的婚姻标杆降到了最低。即使这样,她也没有如愿。

1940年初,萧红与端木蕻良来到香港,但当时战火已经蔓延到了香港,萧红的病情也变得更为严重。香港是萧红生命中的最后一站。但在此,萧红发表了中篇小说《马伯乐》和长篇小说《呼兰河传》。

在香港期间,端木蕻良帮助了同为东北流亡作家的骆宾基。这为骆宾基日后照顾萧红提供了一种顺理成章的可能。

不久,太平洋战争爆发,骆宾基打算撤离香港。但当骆宾基向端木和萧红辞行时,端木却问他能否暂留香港,协助照料病重的萧红。骆宾基慨然允诺。

从太平洋战争爆发到萧红病逝,骆宾基始终守护在萧红身边。在日后的恩怨情仇中,骆宾基曾谴责端木在萧红性命攸关的时刻离开萧红。但据知情者后来解释,端木离开萧红是为了外出购买食品和药物,并寻找尚未被日军接管的医院。到底是一个见义勇为者,还是理当成为人们责怪的对象,这让人们拿捏不定。骆宾基在萧红生命的最后阶段心甘情愿陪伴了萧红四十四天,他们之间到底有没有爱情发生?因为没有任何证据可以证明,至今依然成谜。端木蕻良是在为寻找医院和筹措医药费而奔走,萧红躺在病床上因担心端木会抛弃自己而心生不满和失望。在萧红病危期间,端木确实有过八天左右的时间没有守在萧红的身边,这确实有些不可思议。但萧红生命的最后时刻,陪在萧红身边的却又是端木蕻良而非别的男人。据说,那天骆宾基正好回了自己的宿舍。

萧红生命中不仅仅只有萧军,有端木,还有别的男人,她的选择在当时也有她的道理。萧红是因《生死场》《商市街》成名后而成为当时一代文学青年的偶像。端木与她的文学气质相近也对她颇为仰慕,这是两人走到一起的前提。而骆宾基则是萧红的读者和仰慕者。

在萧红的文学生涯中,还有一个男人,他就是鲁迅,新文化运动的旗手。他在萧红和萧军的文学成就中起到了不可或缺的作用。当萧红和萧军还在青岛的时候，他便多次跟两人通信，鼓励他们进行创作。其时萧红创作的《生死场》曾获得鲁迅的赞赏。萧红和萧军到上海后，鲁迅组织饭局，将两人介绍给茅盾、聂绀弩、胡风等左翼作家，这些人后来都成为萧红的好友。

鲁迅还利用自己在上海的关系，积极向出版社推荐萧红的作品。鲁迅是萧红的文学偶像，她曾经回忆鲁迅给自己和萧军带来的温暖："在冷冷清清的亭子间里，读着他的信，只有他才安慰着两个漂泊的灵魂。"

这是萧红在1936年11月19日从东京写给萧军的一封书信，信中的他不是别人，就是鲁迅。萧红在信中写道："希望固然有，目的也固然有，但是都那么远和大的。人尽靠着远的和大的来生活是不行的……窗上洒满着白月的当儿，我愿意关了灯，坐下来沉默一些时候，就在这沉默中，忽然像有警钟似的来到我的心上：'这不就是我的黄金时代吗？此刻。'……自由和舒适，平静和安闲，经济一点也不压迫，这真是黄金时代。"

在电影《黄金时代》中，萧红说："我不能选择怎么生怎么死，但我能选择怎么爱怎么活，这就是我的黄金时代。"这是编导者借萧红之口说过的话，但是，那个自家园子里的小女子，她一生的自由、纯真的天性，让我们很容易找到注脚。她二十八岁写《呼兰河传》时，依然对四五岁时候的情景清晰如昨，对幸福对情感的憧憬与渴望依旧浓烈如初。两年后，这个渴望幸福的女人，因为自己生病，因为医生的手术，离开了这个世界。她在离开时，是多么不想离开，她依然对这个世界充满依恋。只不过，她已经有了更多的失望。

"我一生最大的痛苦与不幸，却是因为我是一个女人。"这话是说给她最好的朋友的，这该是她对自己的一种总结。但是，她终没有弄清楚，痛苦与不幸，不仅仅是因为自己是一个女人，男人也会有不幸，而真正让她不幸的，小背景是性格，大背景是时代。谁也离不开大时代，谁也离不开小背景，谁也改不了的是自己的性格缺陷。

"爱的男人，都最懂伤她。"我看到这句话的时候，十分惊诧，猜想这是一个现代女子的肺腑之言，曾让我久久不能释怀。男人本不想去伤害一个女人，是女人太把这个男人当回事，才会伤了她。仅此而已！

"只有爱的踟蹰美丽，三郎，我并不是残忍，只喜欢看你立起来又坐下，坐下又立起，这其间，正有说不出的风月。"说这句话的，是痴女子萧红，而非作家萧红。这个三郎，是她的第二个男人萧军。

"在人生路上，总算有一个时期在我的脚迹旁边，也踏着他的脚迹，总算有两个灵魂如两根琴弦似的互相调谐过。"说这话的痴女子是萧红，也非作家萧红。她指望的这个男人，是第三个男人端木蕻良。

我以前也非常同情她的不幸遭遇，现在却认为是性格决定命运。萧红一生主要跟随了三个男人，她对他们充满怨恨，而她其实一直都在不停地抱怨自己的性别、故乡的大家庭、父亲的冷漠、未婚夫的大家庭、未婚夫的绝情、萧军的大男子主义、端木蕻良的软弱、社会的不公等等。

较之同时代女性，萧红与丁玲她们最大的区别，应该说是萧红比任何一个女人都害怕孤独，为了一时快乐、片刻温暖，似乎更多地无原则。少年时代本来与未婚夫已情真意切了，却冒冒失失随表哥私奔去北京读书。在那个年代这意味着什么？随后父亲将她"请"回了东北的家，不让她再去北京，她又偷逃出去。当萧红真的得到了婚姻自由的时候，却又跑回去求未婚夫的家庭收容她，以至于引出了日后未婚先孕遭弃的事。萧军正是在此时与同事去解救她，两人才渐渐相知。在如愿与萧军结婚后,她与他们俩共同的朋友端木蕻良的关系亦不错。后来因与萧军生了嫌隙离婚后,很快她就与端木住到了一起,却又常常写信要求萧军去看她。

她一生总在寻求倚靠。譬如说鲁迅很赏识她,她有段时间便天天跑去他家。善良的许广平因在照顾她和照顾鲁迅之间难以两全,在以后的回忆录里颇有微词,说萧红一坐就半天或一天,不太理会别人在干什么或需要干什么。有次许广平为了陪她而没能顾及鲁迅,鲁迅在楼上没盖被子睡过去而着凉大病一场。

我一直认为,如果一个人对生活充满抱怨,那一定不是生活的缘由,而是自己的问题。萧红应该就是这样的一个人。

"人生有些委屈一定要受,有些眼泪一定要流。"我听到此语心有所触动。隔了岁月的烟云,如今因萧红,再次忆及那时的场景。

为了一时一事的温暖,躲避了生活本有的沉重,总有一天要付出代价。天才作家萧红,以为自己会是生活的宠儿,以为她可以只是得到不必回报,最终却付出了比所得惨重得多的种种代价,乃至生命。

性格决定命运,对女子尤其如此。学会认识这个世界不是为某个人而设;学会在顺境中面对不期而至的磨难;学会慎独并能享受独处的美好,而不是一味地依靠在某个人、某件事上取暖。能否得到幸福人生,这一点也许尤为重要。否则,只能每天都怨天尤人,抱怨生活怎么会如此不公。其实,无论在什么时代,都不会有绝对的公平,只会有绝对的不自醒。

可惜了萧红文学上的天才,消磨在了偏执的性格里,还有她与生俱来的冷漠里。她与未婚夫的孩子出世后,为了能够顺利与萧军走到一起,她坚决不认那个女孩,任凭医院隔壁房间里的孩子号哭震天,任凭奶水打湿了前襟,任凭周围人的苦劝。如此连续六天,那个襁褓中的女婴没见到母亲的一面。直到第七天,孩子被送给了他人,从此一生了无挂碍。身为作家的她,却是从来没有给这个孩子写下片言。仅从此事,就可看出萧红的绝对自我。萧红在自己将逝时,又千般委托端木蕻良代她去找寻那个孩子。可是,人海茫茫,你又怎能找得回丢掉的人情人性?一个人有再多的才能和天分,又能怎样?如果一味地推卸成年人应该担当的那份责任,那还不如做个普通人吧。

可怜之人必有可恨之处,但她依然还是令人同情的。在那样充满悲情的年代,苦难对她来说,是绵延不绝的一种历练。萧红是聪慧的,她真正看透了这些道理,于是一味寻求自保,但终未能够。尽管如此,她的文学才情不容忽视,她的勤奋笔耕不容略过。了解这些"底色",或许有助于从她冷峻的笔调里,读出另一层真意吧。

萧红,倔强、执拗、软弱、神经质、没有责任感,她的一生是传奇,本身就是一部小说。年轻的、不谙世事的萧红,一个让很多人猜不透的女人。年轻的萧红有她无数的苦楚。生完孩子后就被妇科病缠身,血流不止,一生都身体衰弱,这是夫妻关系不睦的导火索。萧红跟萧军生活的早期就曾因家暴出走。萧军的朋友都冷淡视之,使她无路可走,只得再次回到萧军身边。这在萧红的文字里是有记载的。许多资料显示,在萧军及朋友圈里,萧红只会写几笔散文,并不会写小说,很消极,文学成绩也并不如萧军。对萧红的文学创作的轻视也一直持续到萧军晚年。这是二萧文学理念的巨大分歧,是一种隐性的志不同道不合,也是造成两人情感裂痕的一把刀。

在1931—1941年间,萧红共写了一百多万字,这对于这位疾病缠身、怀孕生子、贫寒交困、备受情感困扰的青年女性何其不易。而且,在她最后三四年和端木生活的时光里,她写下了《呼兰河传》《小城三月》,这是她一生中创作最为旺盛的时期。离开西北并不意味着她不关心国事,在武汉以及抗战爆发后,萧红也有关于民族兴亡的作品。她没有在革命第一线,并不证明她没有家国情怀。她支持抗战，她与萧军来到临汾，是为了跟随萧军，更多的也是一个现代女性的觉醒。她最终离开山西到武汉，也不全因为与萧军的决裂。当然，她到了武汉，就与端木成婚，这也是事实。

萧红在死时留下遗言："我将与蓝天碧水永处，留得那半部'红楼'给别人写了。半生尽遭白眼冷遇……身先死，不甘，不甘。"对于"白眼"和"半部'红楼'"，有研究者认为，白眼不是一个具体所指，是泛指萧红所遭受到的苦难。"半部'红楼'"历来有多种解释，应该是泛指萧红未能完成的写作计划。

萧红的女性意识，不要以今天的时代高度去强求。在一个女性无法自立的时代，萧红已经是非常自强的了。

萧红短暂的一生，留下很多传世佳作。萧红的作品的特点，是一份做人的任性成就了她，让她具有巨大的创造力。而她的作品骨子里的价值取向，让她的作品能够与今天的读者对话。

呼兰河，是她生命中的起点。《呼兰河传》是她作为作家的终点。

诗人戴望舒在萧红墓前写下的诗篇："走六小时寂寞的长途，到你头边放一束红山茶，我等待着长夜漫漫，你却卧听着海涛闲话。"

在历史的光影中，有的人跌在暗影里，变成了素昧平生的底片，有的人却已在轮回中变得不朽，将鲜活的身影留给后世。萧红应该就是这样的一个不朽者。

赏 析

本文通过对萧红短暂而又富有传奇色彩的一生的叙述，交代了作家成长的社会环境、家庭背景，揭示了作家性格的形成和其创作成就之间的内在联系。文章将更多的笔墨落在作家萧红一生感情脉络的走向上：她无法选择的原生家庭，她孤独失落的童年少年经历，她对包办婚姻的极力反抗，她对外面世界的向往追求。作为一个女人，萧红是不幸的。她早年先后失去母亲和祖父两个最爱她的亲人。作为一个作家，萧红又是幸运的。在她短暂的创作生涯中，先后遇到了萧军、端木蕻良、骆宾基三位青年作家，性情相悦，惺惺相惜。更为难得的是，初涉文坛，她便引起鲁迅的关注，继而在鲁迅的关心关怀下，在文坛崭露头角。这样的幸运，并不是每个青年作家都有机会得到的。

萧红的小说具有鲜明的文体特征，创造出场景性的小说结构。其作品具有超常规的文体语言，诗化、直率而自然。有学者评价萧红，作为一个作家的她是"有才华的"，而作为一个女人的她是"不及格的"。

知人论世，以意逆志。对一个作家的成长经历和文学成就的评价，不能脱离作家成长的家庭环境和她所处的特定的社会背景。萧红一生，红颜薄命，穷困潦倒；敢爱敢恨，所遇非人。她个人的悲剧命运，一则受到"五四"新文化运动中女权主义的影响，故有对封建包办婚姻的叛逆出走。在她的身上，似乎多多少少能看到娜拉的影子。二则受家庭的影响。三则性格决定命运，对女子尤其如此。萧红是一个不折不扣的理想主义者。对萧红的任性和过错，作为后人、作为读者，更多地应该给予理解与同情，而不是求全责备，非古是今。如果萧红不是一个敢于反抗的叛逆者，不是一个勇于折腾的女愤青；如果她安于现状，逆来顺受，谨守妇道，相夫教子，那么，她还是萧红吗？她还是那个独一无二、自然率真的萧红吗？

鲁迅先生对萧红的评价最为准确，也最为中肯：她是当今中国最有前途的女作家，很可能成为丁玲的后继者，而且她接替丁玲的时间要比丁玲接替冰心的时间早得多。

（翟学鹏）

温暖以待

第二辑

乡梓碎语

她费了好大劲儿,才将陈旧的门锁打开。

我们一行几个走进去,眼前的景象让我惊呆了:这就是那个曾经的村小学吗?

教室破损,荒草满地,干枯的白杨树的树枝七倒八歪横陈于地。

只五里

村子离主城区的距离只有五里路。村子与主城区仅隔着一条国道和一条高速路。这是一个有着上千人的村子。虽然学校依然保留着,但学校已经明显今非昔比。原来村小学的位置相当好,规模也不小,从现存的学校规模来看,足可以想象到曾经的辉煌。

站在宽敞的校园里向城区望去,透过那些浓密的白杨树的缝隙,可以远望到那些新矗立起来的高层住宅楼。如今,这个离城区只五里的村校,在校学生总人数只四十多人。最要命的是,一年级已经断档了。本学年招生时,这个学校一年级最终没有能招来一个学生。一个本来拥有一至六年级的完全小学,变成了一个不完全小学。如果下学年再招不到学生,它就很有可能向教学点萎缩。这个结果真的不敢去多想。

据说,上学年村里幼儿园大班毕业的幼儿一共有八个,开学之初,一年级新生报到入学时,曾有三个学生来学校报到。但几天以后,两个孩子进了城里的学校,剩下最后一个学生的家长一看只剩下了自己的孩子时,曾跑到学校,质问校长为什么同意让别的孩子去城里上学?校长告诉这个家长,农村学生进城上学,是有条件的,也是明令禁止的,学校也并不希望村里的孩子进城就读,可我们能拦得住吗?家长赌气说,那你们也有责任!家长的话有些偏激,但这个家长来学校兴师问罪,是有自己想法的。他要外出打工,没有条件每天接送孩子。学校的答复是,就是剩下一个孩子，学校也是要教的，你可以让孩子留下来。

但最终结果，是这个孩子的家长也选择了让孩子进城读书。也许，这个家长是带着怨言让孩子进城读书的。这只是也许，我们不得而知。

当我看到这个曾经辉煌的学校，如今变得面目全非，变得荒芜和空寂，我真的很焦虑。

我们走进二年级教室。教室里只有四个学生，三个是女孩，一个男孩。他们穿着厚厚的棉衣，围着围巾。全班四个学生，四张稚气的脸。当我们一走进教室，四个孩子齐刷刷地站起来，喊了声"领导好"。那一刻，我被震撼了。他们的声音并不高昂，或者说显得单调而没有声势。也许，正是这种单调刺激了我，我感觉自己的眼眶里一下子噙满了泪水。我示意孩子们坐下。我转身对旁边的校长说，以后不要让孩子称呼"领导"，要叫"老师"。

校长赶紧笑笑说，好的好的。

但我知道，他们不会改口叫老师，而会继续他们统一的口令。这是多年的习惯。有些习惯，是一种思维定式，不好改。

我禁不住用手去触摸了一个孩子的脸，第二排那个唯一男孩子的脸。他的脸圆圆的，但并不怎么干净。我触摸到孩子的脸颊时，感觉到了一种特有的柔软和弹性。孩子的目光在有意地躲避我。这是一个性格内向的孩子。他穿的是一件蓝色的羽绒衣，但看上去已经很旧了。从孩子的衣着和表情上，很容易让你感觉到这是一个农村孩子。虽然只一条路之隔，离城只五里，但毫无疑问，这是农村学校。

我问男孩几岁了？他腼腆地低下了头，在低头的同时伸了伸舌头，却没敢回答我的问话。小学校长在一旁说，快告诉领导你几岁了。孩子还是红着脸不肯回答。我忙说，不用说了。其实，这四个孩子，都是一个年龄。我问的本来就是一句多余的话。

教室并不大，但因为只有四个学生，所以显得格外空旷。在教室后边，堆放着几套桌椅。现在这个年级，仅有四个学生，仅需要四套桌椅。教室里生着一个火炉，烧的是煤球，有一股并不浓烈，但绝对能闻得到的气味在教室里弥漫。教室里并不暖和，孩子们在教室是不能脱下外套的。农村的教室大都是这样的状况。

问及村里进城读书的孩子有多少，校长说，这个没有统计过，也不好统计，应该有十几个或者二三十个吧。我们只能从幼儿园在园人数来推算。现在村里的幼儿一般都还在村里上幼儿园。但一到上小学的年龄，家长就会让自己的孩子进城读书。现在，许多人家都是户口还挂在村里，但已经不在村里住了，这样的人家并不少。

走出教室的时候，我注意到了那个一直没有说话的男老师。教室里并没有高起的讲台，从前到后，是一个平面。他就站在四个孩子身边。这位老师，看年龄应该是五十多岁的样子，他自始至终没有说一句话，一看就是那种不爱多说话的一个人。我看到黑板上的字十分规范工整。教室没有安装当前学校普遍推广的电子白板。后来我们出教室的时候，他向我们点头微笑了一下。

在另一个教室，发现教室的屋顶有几处漏水。前几天刚下了一场雪。这几天温度回升，天气稍暖和一些，屋顶的雪消融了，屋顶有了积水，然后就出现了几处渗水。老师用几个旧塑料盆放在地上，接屋顶的漏水。教室里很安静，屋顶的渗水滴进地上的盆子里时，"嗒，嗒"的漏水声显得格外清亮。屋顶有些发霉，教室的墙皮也有些脱落。显然，房顶漏水已经相当长的时间了。教室的窗子也显得有些老旧，还是旧式的门窗，密封也不怎么好。虽然教室门关着，但因为没有挂门帘，教室里略有些寒气。

离开村学校，我怅然若失。这个城乡接合部的农村小学，如果不是隔着这两条公路，如果它不是在路的这边而是在那边，那么，它可能是另一番景象。

但现实是不能改变的。它就在这边，而不是那边，离主城区只有五里。

赏析

《只五里》的朴实与农村教育一样，不隐藏，不矫饰，亲切得很。学校昔日的盛况，而今的荒凉，明显的即将消失的迹象，均呈现在文字里。

只五里，城乡两重天。"本学年年初招生时，这个学校一年级最终没有能招来一个学生。"看似平静的叙述透露出浓重的悲哀！法国思想家、教育家卢梭的自然主义教育思想认为，儿童在十五岁之前，如果能远离城市的喧嚣归于自然，在农村接受最纯朴、最简单的教育，不仅有助于保护孩子的好奇心、想象力，而且对保持单纯乃至善良的天性都很有好处。但是，"就是剩下一个孩子，学校也是要教的"的郑重承诺亦未能改变最终的结果，唯一一个有可能留下的孩子进城了。

小学生、初中生集体进城，在整齐划一和特别光鲜的背后，除了会让卢梭所主张的自然教育缺失之外，更为严重的是掏空乡村让乡村更加苍凉凋散，让乡村教育日益萎缩破败。

然而，文中的亮色我们不能忽视。空旷的、带着寒气的、渗水的教室里，弥漫的不仅有煤球的味道，还有勃勃生机，那是四个童稚十足的孩子和一位默默坚守的教师。孩子的脸"柔软"，有"弹性"，让人心生爱意，孩子心灵的澄澈更唤起了人们强烈呵护的意愿，而那位自始至终没有说一句话的老师无疑就是呵护者、守护人，乡村教育的希望之火正由他们点燃！

（舒玉芬）

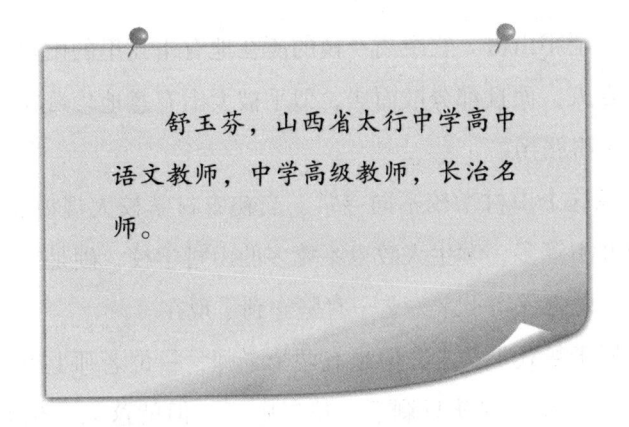

舒玉芬，山西省太行中学高中语文教师，中学高级教师，长治名师。

一个半

这是一个小山村。它距离乡镇的所在地有十几里的山路。村子只有不足五百人,而且都分散而居,似乎被大山有意地珍藏在这大山的褶皱里,不事张扬。

早听说这个山村学校不同寻常。当初农村学校大规模撤并之时,这个人口并不算多,学生人数也不算多的山村学校,硬是在村民的极力抗争中被勉强保留下来,并一直坚守到了现在。

学校属于复式班教学,原来有两个老师,一位老师上个月已到了退休年龄,现在学校就只剩下一位老师了。但就这么一位老师的坚守,依然确保了这所学校能够井然有序地正常教学。

下午四点钟,蓝天白云,山村里格外寂静,没有雾霾,没有污染,一切都显得那么清新祥和。我们随行的人朝学校里喊了一声,很快就有人走出来开了学校大门。随行人介绍说,这就是学校的吕老师。

吕老师五十多岁,高高的个子,满面笑容,给人一种和蔼可亲的感觉。当我们跟着吕老师走进教室以后,一下子被震撼了。这是我们每个人都没有想象到的景象:教室里干净整洁,三排课桌整齐排开,十几个学生坐在教室里,进行着小组讨论学习。教室的四面墙上都有丰富多彩的学生创作园地。教室里暖暖的,让你忘却了现在是寒冬季节。问教室为什么这么暖和,吕老师指着教室火炉旁的几条管子说,他在教室里安装了自制的暖气管。是这些暖气管,确保了教室比一般有火炉的教室暖和。

学校共有三个教室，两个为小学教室，一个为幼儿班教室。因为那位老师退休，原来分为两个教学班的学生只能集中在一个教室上大课。学校现在有三个年级的学生，一年级、二年级、三年级分别是四人、五人、六人。

我们走进幼儿班教室。教室里有一位女老师在看护着幼儿，孩子们都在玩着自己的玩具。吕老师介绍说，十二个幼儿也分大中小三个班，大班五人、中班三人、小班四人。跟城里幼儿园不同的是，三个班的孩子同坐在一个教室里。幼儿园其实并没有专职老师，在教室看护孩子的女老师是吕老师的爱人，她只负责帮忙看护孩子。她并不在老师序列之中，也不属于临时老师，每学期幼儿园收取的入园费，算她的全部收入。平时的幼儿教学，也是由张老师来承担。

显然，这个山村小学，三个年级的学生，外加一个大中小幼儿班，只有一个半老师。

听吕老师说大班里有一个城里的孩子，这让我们都很惊奇。现在农村的孩子往城里挤已成不争的事实。但城里孩子来乡下随班就读还真少见。一问才知道，小男孩儿本来是来住姥姥家的。因为村里的幼儿班也不错，就让这个外甥在村里上幼儿园大班。小男孩儿很外向，笑嘻嘻地回答我们的问话。孩子说老师教唱歌，教画画，啥都教。问他老师会不会教你们跳舞？另一个孩子抢着说，老师让我们跟着电视里学跳舞。孩子们说的跟着电视学，指的是教室前排摆放的多媒体设备。农村学校都要求有远程教学，学生可以看电视，也可以进行远程学习。现在许多农村学校的老师嫌麻烦，不愿意用，成了摆设。但吕老师多年来坚持远程教学，让村里的孩子享受到了多媒体远程教学的便利。

谈到两个复式班教学，吕老师说，复式教学关键是要处理好不同年级之间的"动"与"静"的结合,复式教学要注意避免学生没事可做、课堂松懈的问题。所以,老师备课要充分,不能马虎,要精心设计好每一节课,尤其要设计出不同的训练课,提出不同的训练要求。吕老师如数家珍地给我们讲解他的教学心得。

这是一个严谨的老师。在这个村小学里,他几十年如一日,从事着他喜欢的教学工作。他教过的学生多数走出了大山,有的走上了教学岗位,有的成了机关干部。但他依然故我,甘心留守在山村小学,不肯离开,也从未想到过离开。村里跟他年龄差不多的人,有的进城买了房子,到了城里居住,但吕老师说他没有这个想法,从来没有过。

学校面临生存困境,但吕老师却是一个乐观派。吕老师始终带着微笑,带着一种由衷的满足感和成就感。

在山村学校,像吕老师这样乐意坚守的老师已经很少了。如今能留在山村继续从事教学工作的,多为五六十年代出生的人,也多是当年民办教师转正的那批人。如今,这批人已经接近退休年龄,许多农村学校面临因缺少老师而不得不停课的情况。

眼下的农村学校,最缺少的,不是经费,而是老师。多少年了,农村学校的教师问题一直是棘手的问题。这个问题解决不了,必将造成农村小学老师的断档。学生少了,很大程度上是因为老师短缺,开不全课。教师严重短缺,必定加速农村小学的消亡。

谁来接过农村学校的教师的这个担子?这些年,农村学校也不是没有招进过老师,但一些考进来的大学毕业生,都是带着各自的想法走进教室的。当了老师,还要千方百计参加别的岗位的录用考试,一旦有机会,他们都会卷铺盖走人。多年来,在这些山村学校,可以安心留在山村教书的人考不进来,该留下的留不下来。如此循环往复,把一些农村学校给掏空了。一些农村正走向消亡,最直接的原因就是村里没有了学校。学校是一个村子的文化中心，当学校消亡了，这个村必定会加速萎缩。

不是没有人知道，不是所有人都不明就里，而是明白这个道理的人都无力改变这种趋势。

面对源源不断往城里挤的农村学生，堵，永远不是解决的办法，而且，能堵得住吗？如果农村的孩子都往城里挤，城里还需要建多少学校啊！

站在校园里，蓦然有一种启悟：农村小学还得保持它的原有状态，需要坚守！

前些年，撤并农村学校时，村民的意见就非常大。多少年过去了，他们慢慢习惯了这种状态。一些村民，为了孩子上学，丢开了土地，丢开了家庭，到了城里。

一边是城里的学校的班容量的压力，一边是农村小学招不到学生。

一个孩子得教，十个孩子也得教！一所农村小学，只有三五个孩子，这是不是对资源的浪费？

这成了一个永远争论不休的问题。

窘迫的现实！尴尬的困境！

离开学校时，我提议让随行的人帮吕老师夫妻俩照一张照片。吕老师夫妇一下子很羞涩。推辞了一下，俩人便站在教室外的台阶上。细心的吕老师让妻子站在上一个台阶，自己站在下一个台阶，即使这样，吕老师依然要比他的妻子高出一头。吕老师实在是太高了，差不多挡住了背后墙上的校牌。

站在这个并不宽敞的校园里，看着有些老旧但绝对干净整洁的校园，让我们对这只有一个半老师的山村小学生出了一种由衷的敬佩之情。

当我问及吕老师每天重复这样单调而繁重的教学任务，有没有想过离开或者觉得吃亏时，想不到吕老师竟哈哈大笑：吃亏？吃什么亏？没觉得。咱就是干这个的，挣着国家的工资，安心把村里的孩子教好，是咱的一份责任。我喜欢在山村教书，守着家，守着地，守着老婆孩子，这多幸福呀！我孩子就是从村小学毕业的，现在他是陕西师范大学的学生了。我还跟孩子说过，将来我老了，教不动了，让他回来接我的班儿呢！

这是一个乐观的人，一个忠于职守的人。山村学校多么需要像吕老师这样爱岗敬业的老师啊！

我曾一直认为这些留守山村学校的老师，他们一定会有许许多多的怨言，都想离开山村学校到城里工作，原来，并非是这样。这些坚守在山村学校的老师，他们的内心不仅拥有一份责任，更拥有一份安定与满足。这恰恰是山村学校能够保留下来的一种内生动力。

在校园的一边，堆放着一些玉米，就像所有山村农户一样堆在那里。也许，那些金灿灿的玉米，也是吕老师的另一份收成。

车开了，透过车窗，最后望一眼这个给我留下深刻印象的山村小学，思绪久久不能平静。

为了这些山村里的孩子，这些教学点是多么不可或缺！虽然因为老师不足，他们还得进行着那种貌似原始的复式教学，但却平凡而伟大！

赏析

一个半老师，三个年级，一个大中小混杂的幼儿班，三十多个的小学生和幼儿，撑起乡村教育的一片蓝天！

吕老师和他的妻子是乡村教育的守望者。他们坚守乡村教育的阵地，守望着属于自己的梦想；他们用自己的力量，推动着乡村的发展，提升着村民的文明素质，托举着乡村的希望。"珍藏在这大山皱褶里的小山村"的生活是艰苦的、枯燥的。可是，面对城市，面对很多人认为的更好的生活方式，吕老师选择了守护着乡村这些对知识如饥似渴的可爱的孩子们。或许，对这种守护，一些人还是不易理解，但这种守护，却是一种不失深远意义的生存状态。

  本文在以写实笔法呈现乡村教师的光芒的同时，对乡村学校的日渐消亡表达了深深的忧虑。乡村教育的功能，当然不仅是培养乡村孩子，让乡村孩子快乐幸福地成长，它还有一个重要功能，那就是从精神层面改变乡村。乡村面貌的焕然一新，在于乡村教育；乡村的美好未来，还在于乡村教育。

  然而，乡村学校的学生浩浩荡荡集体进城，抽空了乡村，撂荒了乡村教育，丢下了根，看似繁荣，景象万千，然而，正如文中所说"学校是一个村子的文化中心，当学校消亡了，这个村子必定会加速萎缩"。在广袤的农村，如果琅琅书声逐渐消逝，乡村的生机就会渐渐消失，乡村的精神就会渐渐消弭，乡村的文化也会渐渐荒芜，乡村明天的一切将会逐渐消亡！

（舒玉芬）

寄宿制

午餐时间到了，我站在学校的操场上，看着那些小学生每人手拿一只快餐杯，站在操场上排队等候进食堂就餐。因为食堂比较小，没有专用餐厅，他们只能依次排队走进狭小的食堂，再从另一个窄小的走廊走出来，两手端着盛满面条的快餐杯。然后站在或者蹲在操场上开始他们的午餐。

好在这是中午时分，这个冬季并不怎么寒冷，今天的阳光似乎很好，光线虽不怎么强烈，但足以冲散天空中的阴霾。校长几次催促我们去就餐，但我想看看学生从排队走向食堂，到打上饭菜走出来，究竟需要多久。

这些排队站在校园等候就餐的小学生，是寄宿在学校的三至六年级的学生。他们在排队等候时，彼此说笑着，一些孩子还时不时地原地跳跃，似乎也不怎么着急去打饭。他们每天都是这样，已经成为一种习惯。孩子们并不是以班级为单位，而是高低年级搭配，由十几个学生组成一个就餐小组。校长说，这样的组合方式可以让高年级学生对低年级学生进行必要的生活照料。

我们几个人并没有去食堂就餐，而是在一个生活老师的宿舍兼办公室就餐的。很快，老师为我们端来了今天的饭菜。老师说今天中午是炸酱面。

在就餐的过程中，老师几次问我味道如何？我笑笑说，味道还行。事实上，这碗炸酱面的味道真的不怎么样。作为教育主管部门的领导，偶尔在学校食堂吃一次饭，亲身体验一下，饭菜的味道本身就在其次了。吃饭的时候，我一直在想着那些站在操场上排队打饭的孩子。后来，吃完饭，我起身来到操场上时，依然有几个小组的孩子在排队等候就餐。

这是一所刚刚改扩建的农村寄宿制学校。在校生八百多人，寄宿在学校的学生超过五百人，在这里就读的是附近几个村子里的孩子。这是全区规模最大、条件最好的一所寄宿制学校。所谓最好，是指它的教学楼是刚盖的，宿舍是刚改建的，食堂也是刚建的，还按要求建了公共澡堂。但唯一的遗憾，是食堂并没有配餐厅，这不全是经费的问题，而是学校没有建餐厅的地方。

作为当前农村一种广泛采取的办学模式，寄宿制学校并非仅仅只是多盖几排房子，把孩子们集中在一起住宿上学那样简单。为实现城乡教育均衡化，消除教育不公平，从2001年正式开始，国家投入巨资在农村搞"撤点并校"工程，把原有的村村有小学，变成了几个村子一所小学，把那些散落在农村的中小学甚至幼儿园合并到一些规模较大的中心村学校，开启了农村寄宿制教育的先河。

一个孩子，从没有操场和专用电脑室的学校，转移到另一所拥有操场、电脑室、澡堂等硬件设施较齐全的寄宿制小学上学。这样的撤并已经经历了相当长的时间，眼下的结果是，当初的行政撤并，正在演化成为一种自然的合并，一些本来很不错的农村完全小学或教学点，正在走向自然消亡。而恰恰是寄宿制加速了这种消亡进程。一些千人以上的村庄，由完全小学缩减为教学点，并正在你追我赶地走向消亡。虽然多年来，国家也想了许多办法，比如薄弱校改造，但效果却不十分理想。一些本来建好的教学楼，因为学生进城或者走进了寄宿制学校，而人去楼空。随之带来的是，不仅学校消亡了，乡村自然文化也被无情地破坏了，也让一些自然村庄荒芜或消失了。

不知此项政策出台前经过了怎样的论证。但其结果是，十多年间，千百万农村儿童早早就开始过上了寄宿制生活，乡村学校数目锐减一半。虽然最初目的是让农村孩子接受更好的教育，但它并未像最初设想的那样成功。由于配套政策及投入衔接不力，许多农村寄宿制学校面临人员编制不足、经费匮乏、管理薄弱等诸多现实困难。无论对学校还是家庭，寄宿制都意味着上学成本增加。寄宿制学校不能作为万能灵药广泛推广，在眼下的农村学校，其弊端已经显现。

如果仅是这些问题，倒也罢了，而真正潜在的问题却不容忽视。

寄宿制可以培养孩子的自理能力和集体意识，但缺少家庭的温暖，家长和孩子交流的时间少了，孩子与父母之间的情感培养成了短板。学校的条件相对是好多了，但一个星期才能见父母一次，孩子享受家庭温暖的基本需求却被剥夺了。

然而，古今中外，在教育问题上，总是发生着一些违反自然违反天性的事情。我们总是习惯性地无视儿童的自然需求，不断把某种基于社会需求的设计强加到孩子头上。怎样教育孩子，更多的是政治的或某种利益的考量，而不去顾及孩子作为一个人的最自然的需求，早早地减少他们和父母相处的时间。孩子的自然需求得不到满足，那么社会属性也往往难以正常发展。

我们这个社会，每做一件事情，总要先去寻找一些应当这样做的理由，而当我们不想做一件事情时，同样也会找到充分的借口。我们往往不习惯以孩子的视角去看待一些问题，更难以站在孩子的立场去承担我们的责任。

有许多观点认为，在孩子接受大学教育之前，最好不要寄宿。幼儿园和小学最不该寄宿，初中也不应该。孩子到了高中阶段，寄宿制对他的负面影响相对要小一些，要不要寄宿，要综合各种因素来考虑，但最好住在家里。如果孩子过早地离开父母独立生活，会对他的心灵造成一生难以弥补的创伤。

苏联教育家苏霍姆林斯基曾说过，最好的寄宿学校也不能代替母亲。

英国经济学家亚当·斯密反对让孩子上寄宿制学校，他认为孩子长时间和父母分离会使家庭伦理和家庭幸福遭到最根本的破坏。任何东西，都不可能弥补寄宿制生活给孩子带来的伤害。完整的家庭教育才是培养孩子的最有效途径。要培养一个出色的孩子，父母必须有这样的意识和自信：父母是最好的老师，亲情是最好的营养品，餐桌是最好的课桌，家是最出色的学校。

据说，罗马尼亚曾在这方面犯过一个致命的错误。二战以后，罗马尼亚面对经济衰败、人口锐减的现实，曾鼓励生育，规定每个育龄妇女至少要生四个孩子。如果家庭无力承担孩子的抚养责任，可以送孩子到政府出资的国家教养院进行集体抚养。政策出台后，先后有六万多名婴儿一出生就被送进教养院，进行批量抚养。这些孩子成年后多数出现智力低下、情感发育不健全、行为异常等问题。这种情况，被称之为"孤儿院现象"。脑神经科学已证实，早期情感发育不良，会直接损害大脑的正常发育，使其结构异常，造成无法逆转的病理性改变。

孩子刚出生时只是个"小动物"，是个纯粹的自然人。要成长为一个社会人，必须按照孩子的成长规律渐次展开，宛如一粒种子必须按发芽、生根、开花、结果的过程一样。孩子首先要获得温饱、安全感、爱和亲情等自然需求，然后才能培养出更高一级的自律、合作、互助等品质。家庭的温暖，尤其父母之爱，是一个儿童成长必不可少的心理营养品。

父母与孩子之间如果经常听到对方的声音，闻到彼此的气味，一个家庭就会形成一种甜蜜的气场。这种气场包围着孩子，让他感到很安全。

一个孩子真正属于父母的时间只有十几年，等孩子成人了，他不仅从心理上需要自立，从空间上也要和父母分开了。父母和社会如果不珍惜早期和孩子相处的时间，其实就是错过了生命中许多最美妙的时刻。

十多年前，我在山西沁水县的一个农村，曾经看到过这样的一幕。中午时分，几十个小孩子，各自端着一只硕大的饭碗，他们倚在校园残破的墙根边正吃着午饭。他们看着路过的陌生人，就好似看着自己的父母路过学校来看他们一样，天真、无助、渴求般地望着你，筷子不停地往嘴里扒拉碗里的面条。他们关注客人而忘却了自己碗里的饭菜但又机械性地吃饭的情景，让我终生难以忘怀。那几十个孩子，他们是那所农村寄宿制学校里的学生。他们当中的一些人，现在也许正坐在大学校园里干净整洁的餐厅就餐，也许他们中的大多数人，已经离开了学校，而成为社会中的一员。但无论如何，在他们每个人的内心深处，都会留下幼小时离开父母孤单地在寄宿制学校里艰难生活的情景。

我又蓦然想到那些依然分布在农村教学点就读的孩子们。他们所在的学校也许只有三五个、十几个小伙伴，以他们学校现在的条件，或许因为老师短缺，设施简陋而不能像城市的孩子一样，享受到良好的教育。但他们能够每天守在父母身边，由亲人照顾着他们的饮食起居。试问，这些坚守在教学点的孩子，与那些离家虽然只有十几里，但一个星期才能与父母团圆一次、相聚一次的寄宿制学校的孩子相比，谁比谁更幸福！

当我们去做一件事情时，总习惯去标榜它的种种好处。寄宿制学校的孩子，每天有一颗鸡蛋、一袋牛奶、一只鸡腿，每个孩子可以得到一份营养餐。他们享受着政府的这些关怀，这是社会的一种巨大进步。但这些孩子的父母是怎么想的？他们牵挂最多的，应该是自己的离家十几里的孩子能不能得到应有的照料，自己的孩子头疼脑热时，父母不在身边，生活老师能不能像照料自己的孩子一样去关爱他们。

万事不能两全，但我们是不是也应该去想得更多一些、想得更远一些？

离开学校，在返回的路上，我对随行的人说，我们这个行政区域内，原来二百多个行政村，村村都有学校，孩子们都能够不出村完成整个小学阶段的教育。可现在呢，差不多三分之二的行政村已经没有了小学，或者正在走向消亡。一个孩子要完成从小学到高中的学业，必须从小学甚至幼儿园开始，离开自己的家庭，开始他们的寄宿制生活。那么，这算是社会的进步呢还是退步呢？

众人默然。

想一想，这真是一个难以评说的现实问题。

在任何一个茫然不知所措的时刻，我们可以想想一些自然的东西，也许，答案会非常明晰。

— 赏 析 —

这篇随笔并不是真的要讲寄宿制，而是重在思考农村寄宿制办学模式的利弊，体现的是"站在孩子的立场去承担起我们的责任"的师者情怀。文章有几个特点很突出。

形散神聚地取材。文章散淡为文，其中包含着纵横交错的众多信息：有感性直观的寄宿制学校现状，有溯本追源的形成过程，有权威教育理论的阐释，也有理性深沉的思考。所有这些，都以寄宿制为线索，紧扣对教育的思考。

以小见大的手法。学生取餐"排队走进狭小的食堂，再从另一个窄小的走廊走出来",可见就餐环境并不好。沁水农村的孩子们倚着墙吃饭,"天真、无助、渴求"准确的几个词语,真切地呈现出寄宿生急需亲情滋养的现状。小场景反映出的是对撤点并校这一基础教育政策的反思,是教育方向的大问题。

深沉浓厚的情感。读这样的文章,总会想起那句诗:"为什么我的眼里常含泪水?因为我对这土地爱得深沉……"文章字里行间洋溢着对学生、对教育的深切关爱。作者观察得很细:从吃什么,到吃饭的环境和时间,甚至吃饭时的心情。他关注到寄宿生家长的牵挂,看到了受教育者更远的以后。文章在反思:"我们往往不习惯以孩子的视角去看待一些问题,更难以站在孩子的立场去承担我们的责任。"什么样的深沉情怀才能引发这样深刻的反思啊!

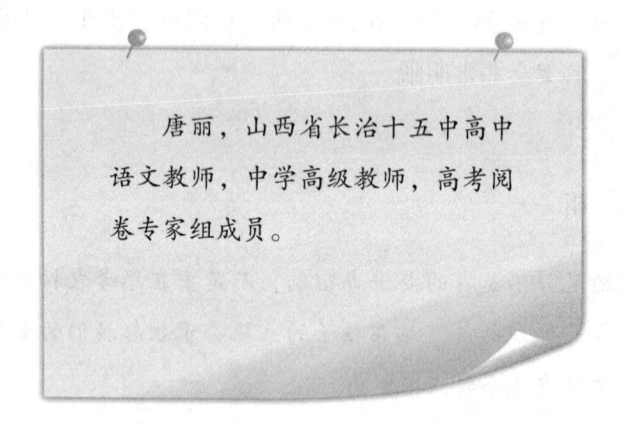

(唐丽)

唐丽,山西省长治十五中高中语文教师,中学高级教师,高考阅卷专家组成员。

荒芜的村校

按着二十年前的记忆，我在村子里寻觅着那个印象中十分宽敞的村学校的旧址。说它是旧址，是因为现在这个村子已经没有学校了。最终，我们还是在村支书的引领下，才得以找到了那个我印象中的小学。但学校大门紧锁，我们只好站在那里等。过了一会儿，一个老妇人来了，她费了好大劲儿，才将陈旧的门锁打开。我们一行几个走进去，眼前的景象让我惊呆了：这就是那个曾经的村小学吗？教室破损，荒草满地，干枯的白杨树的树枝七倒八歪横陈于地。村支书说，学校撤销以后，村里也一直没有挪作他用，就想着哪一天上边能够把学校给恢复起来。

村支书的话让我的内心猛地一颤。

这个村小学的消失起因于十多年前的那场并校运动。说它是运动，也许并不为过，因为那是国家层面的一种行为。即使到现在，你也不能完全否定它的正确性和必要性。十多年过去了，行政层面的撤并似乎早已停了下来，但农村学校自然地合并或者说自然地消亡正在持续上演。眼下，农村学校的消亡已经成为一种趋势。即使有人把它归结为城镇化进程的必然结果，但不可否认，农村学校的消亡与城镇化进程并非是直接的、一一对应的关系。在大多数农村，真正进城买了房子的毕竟是少数。绝大多数进城者，是因为村里没有了学校而被迫无奈选择进城的。他们没有钱在城里买房子，只能选择租房，为的是方便孩子上学。这是当前进城农民最为真实的现实。

二十年前，我作为一名教育工作者，曾来这所学校听过一次课。当时，这所学校还是一个完全制小学，学校拥有百余名学生。作为一名年轻的听课者，坐在几十个孩子的教室里，心里还多少有点儿忐忑。后来，我离开了教育岗位，再后来学校撤并时，这个拥有百余名学生的农村小学被行政撤并。村支书对我们说，他当时是村里的副职，当时村干部的想法是，没了学校，村里正好也减少了冬季供煤，也省去了水电费开销。当时就是这么想的，所以村里一致同意撤销学校。当时，我们真的没有想到后来的情况，一个上千人的村子，学校没了，村里的孩子只能到十几里开外的镇上读书，每个家庭的开支增加了不说，还得天天提心吊胆，牵挂着孩子的生活起居。早知道是这个样子，可真不该同意撤销学校的。现在那一任村干部都背着黑锅，老百姓都在骂呢！

村支书说的话也许不无道理。撤并学校时，我国还实行的是"三级办学"模式，村里是要负担学校一定的开支的。当初他们村里怕花村里的钱。现在村里已经不再负担义务教育阶段办学经费了。村里多次来教育部门反映，还通过人大代表议案，要求恢复这个农村学校。可恢复一所学校比撤销一所学校要难得多。学校已经注销，要恢复必须重新审批。最主要的是，村里的孩子已经到了镇上和城里读书，这些家长是不可能再让自己的孩子从城里返回村里的。而没有学生，怎么可能通过审批？

为了说服我们，也为了强调恢复村小学的重要性和必要性，村支书说，村里的幼儿班很红火，有大中小班，一共有三四十个孩子呢。而且，加上在镇上和城里的幼儿，应该有五六十个呢。要是村里有了小学，这些孩子一定会回到村里来上学。只要今年秋季能恢复招生，一定能招到二十几个孩子。不行，可以先办一个试验班看看情况。

村支书的话很恳切，他极力想尽快恢复村小学。我从内心敬佩和感激这位用心良苦的村干部，他这种有政治远见的村干部，才是农村发展的希望。但想法离现实还有一大截儿的距离。一个村子，总共有二十几个孩子达到入学年龄，但他们当中那些已经进城或者到了镇上的，是不可能再回到村里来读小学的。剩下的十来个孩子，也不能保证这些父母会让自己的孩子留在村里上学，他们不可能把自己的孩子留在村里当"试验品"。

旧学校还在，教室已经破旧不堪，需要整修和加固。校园已经荒芜，也需要重新修整绿化。一个已经注销的学校，是不能拨付专项建设经费的。目前，上级资金多用于薄弱校改造，而已经不存在的学校要恢复，需要通过多道程序。

还有老师。目前，农村教师短缺已成常态。多数教师根本就不愿意到这些教学点儿来任教，农村学校师资缺乏，后继无人，已成事实。前些年招考的几十个教师，现在已经离职的超过三分之一。农村学校，尤其是一些偏远学校，好不容易招来一个老师，可他们一般超不过三年，就会拍拍屁股走人。

撤点并校让多数农村学校滑入门前冷落鞍马稀的境地。一是基层办学条件跟不上，二是老师招不进来，三是老师招进来留不住。可以说已经走进了一个恶性循环的怪圈儿。

一方面是师范教育被明显削弱和边缘化，一些师范专业被停招，许多师范院校打着转型的旗号缩减招生规模和招收师范生的比例，一方面是师范毕业生从教率不到三分之一。那么，真的是学校不需要这些师范专业的毕业生了吗？当然不是，当前的境况是：大批的师范毕业生无处可去，县级以下基层学校存在着严重的教师短缺的现象。那么，为什么会出现这种状况？一方面是许多师范毕业生不愿意到基层学校任教，特别是不愿意到农村教学点、寄宿制学校任教，最主要原因还是受地方财政的影响。一些地方三年两年不招一个教师，就是受制于地方财政不足，不愿意增加事业编制人员。

国家一再强调"师范教育不能削弱，只能加强"。师范专业毕业生就业得不到保障，师范专业的生源质量就会直线下降。

前些年，我曾送一个亲戚的孩子到师范学校报到。我顺便说了一句，我也曾是这里毕业出来的学生。老师瞟了我一眼说，你上学那时是啥光景，现在是啥光景？此师范，与彼师范，不可同日而语！

是啊，当初走进师范学校的孩子，多是农村学生里的尖子，如今走进师范的学生，多是被迫无奈的一种选择。即使这样，只要他们好好学习个三年五年，从事小学教育还是可以胜任的。但是，现在的境况是，即使好好学习，将来毕业等上三年五年也进不了教师队伍，不也是白白浪费吗？

说的也是。

任何事物无论昌盛抑或削弱，都伴有着它的合理性。就似一个产业链条，哪个环节出了问题，都不能确保它的顺畅发展。

站在这所荒芜的村小学里，我蓦然想起二十年前我来这所学校听课时的情景。那个时候，我还是一个二十多岁的小伙子，这个校园里还有一百多个活蹦乱跳的小学生。可今天，我站在曾经的校园里，寒风乍起，地面上的荒草瑟瑟作响，干枯的白杨叶纷纷飘落，最后我们只好匆忙离开。

离开村子时，村支书百般挽留我们。我知道村支书的心思，他希望能尽快给他们村恢复原来的小学校。应该说，这是一位农村少有的有着超前眼光的村干部。可我深知他的想法要变成现实，还需要许许多多、方方面面的努力，但似乎从他身上看到了农村教育的希望所在。

赏 析

  一看标题就知道，这篇散文写的是撤点并校的遗留物——一所破败的村校。"真实的话靠谱"，但能真实地说话很难。难在面对破败的村校，面对并不能完全否定其正确性和必要性的"运动"，面对相互纠缠的恶性循环的怪圈儿，我们很难真实地把握我们的内心。

  作者通过两个词真实地呈现了他的内心："惊呆""一颤"。陈旧的门锁打开后，眼前的破败景象让"我"惊呆了。惊，可以想见眼前的景象是多么地出乎意料，以至让人一惊，竟难以缓过神儿来。一个"惊呆"，看到"我"的失望、失落、痛惜之情。村书记的一番话"让我的内心猛地一颤"。这是锥心的一颤啊。于"我"而言，这里留下的记忆那么鲜活：有初为人师时的忐忑，有校园里活蹦乱跳的一百多个小学生，与眼前的荒芜形成巨大反差，怎能不心颤？进城农民被逼无奈才选择让孩子进城，只为方便孩子上学。这是进城农民最为真实的写照。这现实着实令人心疼，为之心颤。村干部当初只想节省开支，却没想到后来的境况。因为短视追悔莫及，听了让人心酸，为之一颤。然而村校岂是说恢复就能恢复的？一个恶性循环的怪圈儿，哪里是师范教育不能削弱，只能加强的一纸公文就能破解的？这样深沉的无奈，确实让人锥心一颤。

  然而，村校虽然破败闲置，但并没有废弃，没有挪作他用，陈旧的门锁很难打开，但只要人有心，总还有希望。作者在深沉的无奈中，不忘涂上一抹亮色，我想这是作者真诚的期待。

（唐丽）

丁香花开的地方

小学校长领着我们走到校园一角，那里有一个厕所，是这所小学唯一的一个厕所。分管安全的同志多次跟我讲，这个学校的厕所早成了"危厕"，有巨大的安全隐患。虽然我心里早有了这个概念，但到了现场一看，还是让我大吃一惊。所谓危厕，并不是厕所本身存在隐患，而是厕所处在危墙之下。

农村的建筑都是随坡就岸，并不在一个平面上。学校地势低，校厕恰好就处在一堵危墙之下。危墙之上，是村里的一条街道，每天人来车往，存在着很大的安全隐患。而这堵墙，正好成了因地势而形成的阶梯形横断面。有这么一堵面对着学校厕所的危墙，让谁看了都觉着它好像随时都会倒塌下来，真是有点儿触目惊心。然而，危墙虽很古旧，却也显示着它强劲的生命力，整个土墙上，茅草丛生，在土墙的最里面的角落，竟然生长着一簇紫色的丁香。在这个春暖花香的季节，这簇丁香花盛开在厕所旁，感觉它生长的真不是地方。可它就这样生长了许久，让你好生奇怪。

是在别处新建一个厕所，还是对现有厕所进行改造？大家各抒己见，争论不休。原来的厕所是在校园的一个角落里，如果重新在校园建厕所，就会破坏校园的整体布局，而且会占用并不算大的校园空间。校园外面是一条街道，街道附近也没有一个合适的空地可以建一个学生厕所。何况，把厕所建在学校外，学生用起来极不方便，而且存在安全隐患。学校曾找专业技术人员拟定出一个补救措施，就是用打圈梁的方式给厕所围了一个护栏，护住厕所，可以预防土墙倒塌。可要完成这样一个维修方案，工程造价在四五万元。这是一所完全小学，但学生总数只有六十多人，每年的公用经费不足两万元。这些年来，原来的三级办学模式已经不复存在，各级各类学校的建设都等着上级拨款，农村小学的修缮经费差不多全是各级财政拨付。

小学校长打电话叫来了村干部。村干部很热情地介绍说，我们的村子虽不大，但在外工作的人员多，远近闻名。村干部说，我们村自古以来就十分重视孩子读书，有尊师重教的传统。我们这个不足千人的村子，前些年撤点并校时非让我们撤掉学校，因老百姓极力反对，再加上在外工作人员的协调，村小学最终给保留了下来。如今，虽然学校只有六十多个孩子，但学校一至六年级的学生都有。看看周边村子，都没有了学校，村里的孩子上小学就得到镇上寄宿制学校，或者进城租房子，花费大不说，也极不方便。老百姓都骂呢！我们村还好，村里不仅保留了小学，而且还有幼儿园，孩子上学不发愁。村干部说这话的时候，一脸的自豪和满足。

说到维修厕所的事，村干部一下子面带难色了。村里没有收入，拿不出钱帮学校。

一旁的小学校长悄悄对我说，村干部还是很关心学校的。他当村干部已经快二十年了，学校的事情他都挂在心上。学校每年的冬季取暖费，都是村里负担的。

我们站在校园里，原来的水泥地面已经变得坑坑洼洼了。我转身跟村干部开玩笑说，维修厕所的资金由我们想办法，村里帮助把校园整修一下怎样？

村干部有点不好意思地对我说，我早测算过了，这四百多平米的校园，重新打一遍水泥，得两三万，教室墙皮都脱落得不成样子了，再把教室粉刷一遍，两样加起来，少说也得四五万。校长已经跟我说过多次了，我也曾找过村里在外工作的人，想让他们帮助解决一下资金问题，可现在的情况不比前些年，资金不好争取了。村里又一下子拿不出四五万块钱，所以一直拖到了现在。

我想接话，话到嘴边，又咽了回去。像这类农村小学，学生人数少，经费自然也就少，单靠学校公用经费是承担不起修缮费用的。区域里八十多个农村学校，其中四十多个教学点，情况都差不多。这类学校维持正常教学还是可以的，但要进行修缮，经费就会存在短缺的情况。而正常情况下，学校每年都需要进行必要的修缮，房顶漏雨、墙皮脱落、围墙倒塌、校园整修、线路老旧、水道堵塞、课桌更新、设施配套，如此等等，都是刻不容缓的事情。保证一所学校正常运转，并非是一件简单的事情。我知道，两年后，省里要进行基础教育均衡化验收，压力真是太大了。房子旧了，房子破了，都需要维修。差不多所有的校园都需要硬化、绿化、美化，区域内八十余所农村学校，都似一个个嗷嗷待哺的孩子，让你一下子联想到那些小绵羊朝着羊妈妈咩咩叫的情景。作为一个教育行政部门的领导，你于心何忍？可你又没有长三头六臂，你有啥更好的办法来解决这些难题？

遥想过去，我们的教育采取的是三级办学模式，乡村学校办学基本上依靠的是村里和乡镇，当年集资办学使所有的农村学校搬出了窑洞，如今，当年集资建校热潮中建起的学校，差不多都年久失修了，有的甚至变成了危房。前几年"校安工程"和"改薄工程"，抗震加固了一批旧教室，但更多的教学设施都面临着新旧更替的需求。

在学校调研的一个多小时里，我连续接了五六个电话，都是基层校长的电话。最近上边下拨了一笔维修资金，校长们听说了，都纷纷打电话，无非是想得到更多的资金。可这笔资金并不多，面对八十多所学校，简直可以说是杯水车薪。这笔专项维修资金怎么使用？用撒胡椒面的方式解决不了根本问题，可不撒，就照顾不到更多的学校。

这个下午，应该是我在一所小学停留时间最长的一次基层调研，也是对我震动很大的一次。这所学校一共六个教室，其中两个教室安装有电子白板。只可惜全校七个老师，五十岁以上的就有六位，另外一位临时代课老师虽然年轻，但文化程度较低。他们当中没有一个老师能够熟练使用电子白板教学。即使偶尔用一下，也是应付，并不能实现应有的教学效果。信息化教学，还真的离这些农村学校很远很远。

我刚到这个学校时，学生已经下了最后一节课，一些学生已经离开了学校。但几个老师依然坐在教室里辅导学生。许多学生放学后不马上回家，而是留在教室把作业做完才肯回家，这是农村孩子的习惯。农村学校的老师也习惯了课余时间坐在教室里，守着学生做家庭作业。这在农村老师当中是普遍存在的一种现象。这些农村老师，他们一般离家较近，有的家里还种着地。他们形成了以校为家的习惯，他们以这种敬业精神，培养着一代又一代的农村孩子。他们不是没有怨言，他们甚至比哪个行业的人的怨言都多，他们的情绪最容易被点燃，但更多的时候，他们表现出的，是对职业操守、自我信念的一种持之以恒的坚守。它们似一颗颗散落在乡间的琉璃珠子，以自己微弱的光亮把这片土地照亮。

离开学校时，村干部、校长把我们送到门口，教室里的六七个老师，却没有一个站起来送我们。他们不事张扬，面子上的事不靠前，教学方面不甘落后，这是每一位教师的本性。也许唯有这种品质，才让一代又一代的农村孩子走出村子，走向更远。但他们当中的更多人，最终无一例外地终老在这片厚重的土地上，不再起来。

回来的路上，我突然想起那簇生长在学校厕所角落里的丁香花。你觉得它生长的不是地方，可它依然那么耀眼、那么清香。我突然想到，要是厕所加固，会不会影响到它的存在？我吓了一跳。但是，任何东西，都有它存在的价值和消亡的理由。

我记住了它的特别，它的蓬勃，它的清香，这就足够了。

赏 析

这是一篇调研手记，作者给它起了一个富有诗意的标题。这个标题让一篇反映农村义务教育阶段办学问题的严肃文章充满了温暖的人文关怀，"丁香花开"的意境营造也吸引读者不由得一探究竟。真实而温情，是这篇文章带给我的最大感受。

谢有顺教授曾说过：文学是两难的，它就是要表现人心灵的复杂和两难。本文中的村干部、老师和作为教学管理者的"我"恰恰就都表现出这样的两难：村干部一方面为保留了这个"村小"而自豪骄傲，另一方面却为无法满足学校的正常维修而倍感无奈。村小老师的怨言比哪个行业的人都多，但却又习惯性地敬业和坚守，他们面子上的事不靠前，教学方面却不甘落后。"我"是一位教育行政领导，在调研中，既有问题和困难，比如经费和师资的问题；又有亮点和希望，比如村干和老师以及村民对教育的重视和奉献；还有对存在问题的反思，比如电子白板的应付性使用；更有一个行政领导对教育的真切关怀，比如想撒胡椒面却又想实际解决问题的矛盾和无奈。就在这样的矛盾中真实地呈现了农村基础教育的现状：困难重重，但各个方面都挂念着它，有无奈、有思考、有温情，也许这正是广大农村学校在艰难中得以生存和发展的原动力吧。

开头和结尾处的丁香花，相互呼应，不仅为全文增添了诗意和抒情色彩，也是对这次调研的一个回答，一个诗意的回答。

（唐丽）

幼儿教师

一天，有几个幼儿教师找到我办公室，反映她们的工资待遇问题。她们站在我办公室时，一开始我还以为她们是农村来的学生家长，要说孩子上学的事情。等她们一介绍，我才知道她们原来是农村幼儿园的老师。她们说遇上了一件烦心的事，村里要给她们降工资。说着说着就很激动。我忙说，你们别激动，让一个人慢慢讲清楚。我这么一说，她们才安静下来。其中一位老师说，我们几位是三个村的幼儿老师，教龄都超过了二十年，最长的已经工作三十二年了。村里原来给我们定的基本工资是每月六百块。但这么多年来，我们跟村干部待遇一样，年终享受奖金和补贴，我们的实际收入是每月一千块钱左右。但现在村里要去掉我们原来享受的奖金补贴，只给我们保留原来的基本工资。我问为啥？几个老师一下子又七嘴八舌地争着说起来：现在不是反腐败嘛，上边要求村里的所有补贴都不能发了，这不，我们的补贴也就不能有了，所以我们的工资就只剩下六百块了。我们这几个人都是从姑娘时就当了村里的幼儿老师，已经干了三十多年了，不仅没有转正的机会，还要给我们降工资待遇，村干部怎么能这样对待我们呢！

怎么也不会想到，反腐败也能反到这些村里的幼儿老师身上！这哪跟哪儿呀。可是，这还真的就给联系上了！

上边要求村干部不能有补贴了，与村干部一样，原来享有补贴的幼儿老师也就不能有了。

这该怎么办？只有一条途径，就是给老师加工资。这几位幼儿老师所在村都是原来有煤矿或焦化企业的村子，曾是比较富裕的村子。可这几年，煤焦行业陷入了困境，村里的光景也明显不如前些年，现在上边不让发补贴了，村里自然也不愿意给这些幼儿老师加工资了。

为确保幼儿老师待遇不受影响，我专门到基层学校进行了一次调研，我跟几个中心校长商定应对办法，让他们到各个行政村游说。让他们说服村干部，如果补贴取消，就适当给那些幼儿老师增加基本工资。

没想到几位中心校长给我提出了另一个问题：这些年，因为农村学校教师严重缺编，基层学校就聘用了一定数量的临时老师。这些老师的工资一般也只有六七百，最多也上不了一千。如果单单给村里的幼儿老师增加工资，显然会对村小学的临时老师形成冲击。而我知道，村里小学临时聘用老师的工资占用的是学校公用经费，给临时老师增加工资，就会挤占学校并不充裕的公用经费。这显然不太现实。

在农村，幼儿教师从来就是被打入另册的一个群体。20世纪八九十年代民办教师转正，幼儿教师就没有被纳入转正范围。这一问题一直是社会议论和关注的焦点。现在农村幼儿园虽然受教育行政部门监管，但幼儿教师的工资待遇，依然由各行政村负担。如果专门给村里的幼儿教师加工资，势必会产生一些连锁反应。基层的校长普遍认为，幼儿园教师的工资待遇应由各村自行来解决，教育部门不要做过多干预为好。

一位中心校长给我讲了一个故事。前一段时间，有一个村发生了一件事，村里的幼儿老师的月工资每月六百，村里负责环境卫生的卫生员每月工资按上级要求不得低于八百。幼儿园老师觉得她们工资不应该低于村里的卫生员，就找村干部理论。村干部是刚换届上来的，对幼儿老师说，你们不就是看孩子嘛，看孩子谁不会呀，愿意干就干,不乐意干就拉倒。结果这几个幼儿老师集体辞职不干了。村里只好重新选了几个初中都没有毕业的年轻妇女去看孩子,幼儿园来了一次大换血。结果几天下来,孩子们都哭着不去幼儿园了,幼儿家长纷纷找村干部闹。这些新任幼儿园的老师也觉得看孩子这工作不好做,也不愿意干下去了。村干部没有办法,只好又把原来的幼儿老师请回来,并承诺给她们增加工资,跟村里的卫生员待遇相同,这才平息了事态。

在基层调研时,发现许多村级幼儿园在园人数达百人以上。但这些幼儿园都不能按规定配备幼儿教师,幼儿教师短缺现象已成常态。这些年,也从来没有为农村幼儿园配备过一名公办幼儿教师。村级幼儿园教师不仅严重短缺,而且素质普遍较低。

我在一所农村幼儿园调研时,发现这所幼儿园园长就是曾经到过我办公室反映待遇问题的一位老师。她十八岁当了村里的幼儿老师,一干就是三十多年,并且当了近二十年的园长。这位园长领着我们参观了她们的教室和功能室,从她们平时搞的一些活动的照片和墙上挂着的各种奖牌证书,我了解到了这所村办幼儿园的光辉历程。我从内心佩服这位园长的工作能力和敬业精神。

离开幼儿园时,随行的中心校长跟我说起这位园长的经历,如果她当初是在小学任教,凭她这么优秀,可能早转正了。可是,就因为她一直在幼儿园当幼儿教师,所以至今依然是一名临时老师。现在她五十多岁的人了,当了大半辈子的幼儿老师,却没有转正的机会。如今,她攒了一大摞的荣誉证书,但转正的愿望一直没能实现。将来怎么办?她很发愁,我们也很迷茫。

这次调研后不久的一个下午,我从外面开会回到单位时,这位幼儿园的园长跟另一位幼儿老师站在我办公室门外等着我。因为已经熟了,我让两位老师坐下来说话。她们两人笑笑说,我们还是站着说吧。

她们是上午进城参加一个幼儿教师自制教具展示会的。会议结束后，她们就过来找我，我不在，她们就在街上吃了饭，然后下午继续来单位等我。她们两个人是从两点半一直等到四点钟的。她们说，来一次也不容易，就一直等着。还好，终于等来了我。

我问她们有啥事？俩人有点儿不好意思地说，想来问问，能不能给村里说说，给我们缴养老保险？我们五十多岁了，将来不干了，我们该怎么办？

这次，她们没有像上次一样，再提转正和加工资的要求，而是提出让村里为她们缴纳养老保险。我知道，这是她们退而求其次的一种诉求。

她们两个提出的这个问题，是农村幼儿教师面临的一个现实问题。我知道这是一个无法现在就能够解决的诉求。我只能安慰她们，我说这个问题我们已经注意到了，并且也有人大代表、政协委员把这件事作为议案、提案向上反映过。我们也只能向上反映来逐步解决。

她们离开办公室时，我的心情格外沉重。两位最基层的幼儿教师，她们提出了一个最为现实也最为迫切的问题，但单靠教育部门不能解决。她们工作了三十多年，一直从事幼教事业。许多人半途而废，只有少数人坚守了下来。你可以用崇高来诠释她们的职业操守，但是我听到更多的真实声音，她们除了热爱这个职业，还有一个足以支撑她们一生没有离开幼儿教师岗位的理由，就是期盼有朝一日能够转正。她们曾经有过一次次的期望，但每次都与她们擦肩而过。她们始终没有能够抓住那幸运的鸟尾巴。

幼儿老师被打入另册，是因为我们国家一直没有把幼儿教育纳入义务教育范畴。记得曾有一位幼儿园园长跟我谈起幼儿教育时，激动地说，学前教育诸多问题的原因是顶层设计的缺失，解决这一问题的根本措施只能是将学前教育纳入义务教育，对幼儿教育，可以鼓励民办，但绝不能推向社会，更不能以产业化主导。学前教育是奠基教育，基础不牢，地动山摇。这位园长的话也许并无道理。当前，学前教育没有专门的编制，也不在中小学编制序列。一些幼儿园虽然有机构编制，也是多年前的编制，一些新建幼儿园，很难列入机构编制。长期以来，幼儿教师编制或者与义务教育阶段混用，或者干脆就无编制。前些年农村小学与行政村脱钩时，幼儿园恰恰被边缘化了。除了一些规模大的城镇幼儿园外，各行政村的幼儿园，即使被称作公立幼儿园，也仅是由一名公办教师担任园长，而这已经是最幸运的农村幼儿园了。而绝大多数的农村幼儿园老师，清一色由村里雇用，她们没有受过专门培训，文化程度不高，几乎全是本村已婚或未婚妇女。

  这两位老师的诉求至少在短时间内是无法解决的。她们提出的是自己的问题，但却是一个庞大的体制内的问题，一个目前无法解决的现实难题。可是，她们的年龄已经临近退休，她们很可能等不到"利好"政策出台，就得离开坚守几十年的工作岗位。

  作为教育主管部门，对基层面临的问题责无旁贷，但恰恰又难以在短时间内给予解决。明知道问题的难度，却要淡化它的难度，去说一些安慰话，这是一些基层领导不得已而为之的工作方法。你说是打太极也好，你说是推诿不办也罢，有些话不能说出来，这样恰恰给了诉求者一种不破灭的期盼。你应该让她看到一种希望。她一生都依靠这种希望工作着、生活着。当年的民办老师，就有刚刚转正，就临近退休的情况。当年也有人曾觉得来得太迟，不公平，但现在回过头来看，他们那是赶上了末班车，是一种人生的幸运。而现在依然在幼教岗位的一线幼儿教师，她们沿着前辈的足迹，为了自己挚爱的事业，为了一种不懈的追求，朝着一个没有时间表的既定目标前行。说她们无怨无悔，那也许并不完全真实，说她们矢志不移，初心不改，却一点儿也不为过!

但愿她们能等来那个让她们嫣然一笑的春天。

赏析

读本篇札记,从中领略到一种朴素亲切的美感。著名作家徐迟曾说过,散文写得华丽并不容易,写得朴素更难。越是大作家,越到成熟之时,越是写得朴素。作者记人叙事不用气势去鼓动,而是用平和朴素的语言,准确生动地表达情绪感悟,达到以俗为雅、以拙为巧的效果。语言质朴,富有生活气息,让人领略到一种朴素自然中所蕴含的力量。

文章描述了作者多次接见几位坚守在一线岗位的幼儿教师的一些细节,以这几位幼儿教师为代表的一大批乡村幼儿教师,因工作岗位特殊始终得不到转正,工资待遇得不到保障,而不得不屡次找领导反映诉求。作者用冷静从容平淡的语调叙说出来,显现出精美叙事的技能,着墨不多,却干净利落地勾勒出幼儿教师群体的艰难处境。没有多少渲染,然而作为一位领导干部有心无力的无奈感却深入骨髓。文章充满对社会人生的独特体察,也将个人内心的微妙情绪,融入对人与事、社会与生活的深刻思考中。

幼儿教师不能被人们足够理解,原本神圣的幼教在周围人的眼里只不过是看看孩子的高级保姆。他们的工资待遇极低,远远不如那些高级保姆。他们的期盼也不知道会在什么时候得以实现,哪怕只是在别人看来简单的工作转正对他们来说都是梦想。他们抱着一种希望和一份热爱,就这样日复一日、年复一年地坚守着。我对那些即使面对巨大压力却还坚守在一线的教师心怀钦佩与敬意。众多的基层教师,尤其是尚无完善机制保障的幼儿教师,他们的青春、耐心、温柔和爱，都留在了学生身上，留在了艰难困苦的悠悠岁月里。

从娓娓讲述中，我们真切感受到作者内心缓缓流淌着一种无奈，却不失希望，让我们真切感受到教育工作者身上的责任与艰难，领导干部一颗热切的心。作者期望有更多的人能关注幼儿教师以及其他的教师，让他们都能感受到更多地来自社会的敬意，享受到体制完善的福利，能有更充沛的精力教书育人。期望下一个春暖花开时，能看到她们的笑脸。

（张一笑）

张一笑，山西省长治市教育局教研室主任，高中语文教师，中学正高级教师，山西省特级教师，省级语文学科带头人，全国名优校长，全国特色教育先进个人，有专著四本。

周转房

听说学校要建教师周转房了,农村学校的老师们奔走相告。

按照规定,每套周转房的面积不超过三十五平方米,有客厅,有卧室,还要有厨卫等一系列配套设施。想一想,一套房子的套内面积也没有多大,但这毕竟算是一项福利待遇,是对农村学校老师的一项政策利好,体现了政府对广大基层教师的关怀与呵护。

现在的农村学校,许多老师依然挤住在老旧的宿舍里,能做到教师住单人宿舍的学校并不太多。教师多数住在老旧的房子或者窑洞里,两个人或者更多的人挤在一起居住,既是宿舍又是办公室,条件简陋。尤其是那些老旧的窑洞,早已不具备居住条件了。俗话讲,窑洞冬暖夏凉,但实际上,窑洞夏天虽凉爽,但一般都很潮湿,没有住过窑洞的人,是住不习惯的。多年前,上级硬性规定农村学校的教室必须搬出窑洞。但许多农村老师仍住在窑洞的情况并不在少数。有一种被称作"车皮窑"的房子,就是那种早些年农村盖的一类房子,看上去像房子,里面却是那种传统窑洞的结构,这种房子冬不暖,夏不凉,老百姓很少居住了,但在农村学校还相当普遍。好在现在农村学校的教师,如果学校不是特别偏远,一个星期吃住在学校的人也不是太多。至于那些教学点的老师,因为都是三两个人,或者干脆就是一个人的"单师校",一般都是自己支锅做饭。老师可以在学校周边的空地种一些菜,他们更像是一个外来的农民,逐渐融入了这个村子,慢慢习惯了这种乡村生活。

农村老师的吃住行，依然保留着这种多年不变的传统模式。

现在要为他们集中建设周转房，当然也只能满足那些相对集中的乡镇中学和中心校的教师，那些偏远的山村学校的教师自然还惠及不到。

建设周转房，教育部门需要协调国土、发改、规划、城建、财政等部门就土地划拨、规划建设、审批立项以及资金拨付等事项进行多方沟通协调。

先说土地。要立项，必须有土地证，许多学校都是老旧学校，并没有土地证。办理土地证，是一件费时费力的事情。学校须向国土部门申请办理，国土部门对原有学校进行归类，已经属于学校土地的，那叫补办；没有明确归属，或者属于未批而占用的，需要重新申办。重新申办土地证，需要国土部门提请省级国土部门审批，这就需要上下协调，多方沟通。

再就是规划。这块土地符合不符合建设规划？情况往往是，学校已经存在二三十年甚至更久远了，但相关部门的档案资料里还是未占用土地。如果不在规划内，就需要做规划调整。这就需要上无数次大大小小的会议，还有各类专家的论证会，而且还需要评估机构介入，这都要产生一定的费用。真是听起来几句话，做起事来一大串。

立项。立项是一个重要环节，只有各种前期资料准备齐全了，才能办理立项手续。

所有这些程序办理完了，正经的建设程序才刚刚开始。招投标、规划许可、项目工程建设许可，施工许可、节能、环保、安全、消防、劳保等等，几证齐全才能开工建设。事实上，在办理过程中，有些手续是相互交织、互为因果。规划部门需要规划审批书，建设部门需要项目资金证明，发改部门需要配套资金保证函，财政部门需要配套资金承诺函，这么一大串看起来软性的资料，实质上是一些特别

"硬气"的东西。原来计划每个乡镇申报一个周转房项目，但因为诸多因素制约，最终确定在五个乡镇建设周转房，其中，三所中学、两所中心小学。

我曾跟省里某部门一位熟识的领导探讨过有关建设教师周转房的后续问题。我说，在农村学校建设教师周转房，确实是在为基层老师办好事，但这件好事要落实下来，真是要过一道道难关。这位领导问，有啥难的？我说，周转房要运转起来，存在诸多困难。首先要解决水循环的问题。领导纳闷，这还是问题吗？我说，当然是问题。绝大多数农村学校就没有配套的管网系统。领导很吃惊，这怎么可能呢，难道农村学校都没有下水管道？我笑笑说，是的，没有，大多数还没有。领导反问，难道这些问题也需要上级来给你们解决？我说，这些配套设施当然由我们自己来解决，可是，省里只给周转房主体工程百分之六十的费用，地方配套资金也仅给剩余的百分之四十，而这些配套设施建设，却没有相应的配套资金来保障。假如教师住进周转房以后，没有配套设施怎么能行？没有下水管道，没有化粪池，污水怎么排走，往哪儿排？有一个乡镇是水源地保护区，镇上的小区排水目前还无法解决，而学校的周转房就建在水源地保护区内。

有些事，理论上是可以解决的，但真做起来就有许许多多的难题解决不了。农村学校人少经费少，靠经费是解决不了周转房配套建设资金这类现实问题的。

周转房修好了，那些配套设施成摆设吗？当然不可以！

既然建设了，那就得运转。我们对学校要求，必须按期完工，必须正常运转！可这还需要一大笔资金呀。不像城市的学校，本来就有完善的污水循环系统。而农村学校，目前都还不具备条件。最要紧的是，还有一些学校，根本就没有充足的日常用水，平时是靠买水，就是有了排水系统，没有充足的水源仍然难以正常运行。我们建设的五个周转房项目，就有一个乡镇还没有自来水系统。

但周转房建设标准很明确，必须有厨卫等硬件设施。

困难很多，但基层学校的积极性很高。项目建设初期，一些学校就开始筹划给老师分配周转房的方案了。许多教师盼望已久的一件事，没有理由不去尽心竭力地做好它。我知道这很难，但唯其艰难，才倍加珍惜，才得更加上心去做好它。

第一批建设的周转房共有一百二十套。到秋季开学的时候，有两个学校的四十余套周转房按期竣工验收。我曾几次领着各级领导参观这些已经投入使用的周转房，都觉得这个项目真的很好，改变了长期以来农村老师住办公室的现状，得到了广大教师的拥护。尤其是那些在一个学校工作的"夫妻档"教师，直接拎包入住崭新的周转房，有了一个真正的家，这是多么让他们舒心的事情啊！据说一些老教师住进去后热泪盈眶。这从一定程度上激发了农村教师的工作积极性。

有了教师周转房，对老师来讲，是福利，对学校来说，是大事，对教育部门来讲，是一种新尝试。如果成功，就可以继续实施下去。

许多事情，只要坚持做下去，就有希望。对实施者来讲，贯穿其中的，是一道道无法预知的难题在等着你去破解，一定会付出许许多多的汗水与辛劳。这些难题破解后，你会有一种不去做就体味不到的成就感和满足感。

赏 析

有道是："事非经过不知难。"教育难，教师难，乡村教师更是难上加难。国家高度重视教育，要"办人民满意的教育"，"让每一个孩子享受公平有质量的教育"，实现教育的优质均衡发展，致力于关心教师、关爱孩子。政策多好啊，但落实起来不是说一句话就行，从

《周转房》就能看出在乡村学校盖个房子、办个事情有多难。

　　作者把自己的切身经历与思考如实地流淌在笔端，把一位公仆对教育对教师的情怀倾诉在字里行间，娓娓道来，如同拉家常般叙述一个真实的故事，表达了作者对社会、对人生的感悟，那就是："对实施者来讲，贯穿其中的，一道道无法预知的难题在等着你去破解，一定会付出许许多多的汗水与辛劳。这些难题破解后，你会有一种不去做就体味不到的成就感和满足感。"文末点题，与《岳阳楼记》《荔枝蜜》之技法有异曲同工之妙。

（张一笑）

三个有趣的试验

在天津上人口素质课的时候，专家给我们讲了三个有趣的故事。这三个故事其实是外国人做的三个试验，是有关婴幼儿早期发展教育方面的，对0—3岁的家庭教育很有启迪。

第一个是格塞尔孪生兄弟爬梯试验。

专家以一对儿未满周岁的孪生兄弟作为样本，采用爬梯训练进行试验。梯子两边有扶手，并且每格楼梯上都包着厚厚的绒布。弟弟在48周时先进行爬梯训练。哥哥在53周时进行爬梯训练。在55周时，孪生兄弟俩出现了如下情况：哥哥训练两周后很快就能灵活地爬梯，与经过了7周训练的弟弟达到了相同的爬梯水平。这是为什么呢？专家解释说，这是因为个体的发展取决于成熟。在儿童尚未成熟之前，有一个准备阶段。处于准备阶段的儿童，相应的学习能力尚不具备，如果在这个时候让他学习某种技能，就难以达到真正的学习目的。专家说，婴幼儿的发展不是直线形的，有自身发展的节奏，而且对发展节奏有自身的调节功能，并不是所有的孩子都是齐步走的。尊重孩子的实际水平，在尚未成熟时耐心等待，千万不要拔苗助长。

第二个是洛仑兹鸭子找妈妈试验。

专家用刚出生的小鸭子做实验，或是让刚刚破壳而出的小鸭子先看到母鸭子，或是让小鸭子先看到洛仑兹自己，或是让小鸭子先看到猫。结果会发生什么现象呢？洛仑兹发现：刚出生的小鸭子会本能地追随首先映入眼帘的活动物体，并误认为是自己的母亲。如果小鸭子第一眼见到鸭妈妈，它就跟着鸭妈妈走；如果小鸭子第一眼见到洛仑兹，就跟随着洛仑兹走，并把他当成母亲。洛仑兹进一步发现：如果刚出生的小鸭子接触不到活动物体，过了一两天后，无论是洛仑兹还是鸭妈妈，再怎么努力与小鸭子接触，小鸭子都不会跟随，小鸭子刚出生时的认母能力已经丧失了。这个案例说明了什么？洛仑兹总结认为：在个体发展中存在某一特殊时期，或称为关键期，或称为敏感期。在关键期，环境刺激的影响是不可逆的。在这一时期，外界对它的影响程度达到顶峰，然后逐渐降低。

　　第三个是范兹婴儿视觉偏好试验。

　　专家以0—2岁的婴幼儿为实验对象，采用其独创的试验小屋进行视觉偏好实验。在小屋内安置一张小床，让婴幼儿躺在小床上，小床放置的位置使婴幼儿的眼睛可以看到挂在头顶上方的物体。实验中让婴幼儿看线条图和靶心图、棋盘图和正方形图、两个完全相同的三角形、脸型图、分别带有红黄白色的图等。实验中发现：婴幼儿对两个相同三角形的注视时间是相等的；注视靶心图的时间明显比看线条图的时间长，对棋盘图注视的时间超过正方形；对红色的圆盘注视时间比对白色和黄色圆盘的注视时间更长；对有人脸的圆盘的注视时间比看其他图片的时间更长。还有，婴幼儿更偏爱注视复杂的图形。这就提示年轻的父母：要为婴幼儿的成长创造丰富的视觉环境。要清楚婴幼儿的感知不是被动地接受环境刺激，而是主动的和具有选择性的。

　　这三个试验其实共同验证的是同一个问题，那就是有关婴幼儿早期发展教育的问题。所谓婴幼儿早期发展教育，是通过对婴幼儿早期实施干预，以使婴幼儿具有健康的体魄、灵敏的心智、丰富的情感而进行的综合性的、互相交叉的干预的一个过程。如何做到对婴幼儿早期干预、适时干预、高质量干预、全面干预，是当前早教的一个关键内容。专家提倡，对婴幼儿发展的干预越早越频繁，越能取得更好的效果，这种干预最好能从孕妇开始。

有关婴幼儿年龄段的划分一般是这样的：幼婴（出生到9个月）、自己会移动的婴儿（8个月到18个月）、蹒跚学步的婴儿（16个月到36个月）。一个家庭，能拥有一个具有超常能力的孩子，是千万个0—3岁的婴幼儿的父母的梦想。

婴幼儿大脑发展有敏感期，早期经验为终身学习能力、行为能力和生理心理健康创造良好的基础。基因和早期经验的互动对婴幼儿发育中的大脑结构有显著影响，而婴幼儿与其父母和在家庭、社区中的其他看护人的互动，是早期经验的重要组成部分。婴幼儿大脑的发展是基因、生物因素和心理因素影响的互动过程。生物因素和心理因素会导致大脑结构和功能的误差，损害认知和社会情感的发展。关键性的心理风险因素包括缺乏学习机会、非常糟糕的看护人与儿童的互动、母亲压抑、社会暴力，以及在孤儿院的抚养。

婴幼儿从出生到两岁的时候，每秒钟有700个神经突触连接发生。在18个月的时候，词汇量差距才开始出现。在生命的最初三年，当一个孩子在贫困、看护人有心理疾病、遭遇虐待、单亲家庭、母亲受教育程度较低等方面有6—7个风险因子的话，有90—100%的可能性会出现发育迟缓。

有人做过形象的比喻，说在婴幼儿早期发展阶段，每投入一美元，将会使其父母获得4—9美元的回报。当我们了解了婴幼儿在各个不同阶段的生理和心理的发展特点之后，我们在对婴幼儿进行早期教育干预时，就不会出现那些盲目地超前或滞后的施教行为，以确保自己的孩子既能得到适时适当的干预，又不会出现那种适得其反的错误的教育。

赏析

　　这是一篇通俗易懂的科普说明文。文章紧扣题目行文，开篇简洁明了，直奔主题。首先，作者以在一次课上专家所言的三个故事巧妙扣题，增加了文章的真实性，牢牢抓住读者的眼球。然后，说明了三个实验的来历，使其更有说服力和科学性。之后告知读者三个实验与家庭教育有关，强化了主题，为下文蓄势。

　　第一个故事中，弟弟比哥哥学习的时间更长，但最后却没有哥哥短时间内学的效果好，不禁引人深思，到底为什么会这样？勾起了读者想要解开真相的欲望，之后揭开真相：原来是因为婴儿的发展有自身的节奏，并不都是"齐步走"，自然得出教育不可拔苗助长的结论。第二个故事中，如果要让小鸭子出生后先看到洛伦兹，之后它便会跟随洛伦兹，并将他认作是母亲。这一结果打破了人们的常规认识，通过观察得知：过一段时间后无论是谁与它接触，它都不会跟随，从而结论呼之欲出"在关键期，环境刺激的影响是不可逆的"，且外界对它的影响达到顶峰，之后逐渐下降。从第三个故事，读者可以知道婴儿对不同图案的注视时间不同，作者又补充说婴儿偏好复杂的图案，最后得出父母应为婴儿提供丰富的视觉环境，从而使他们主动选择，而不是使他们被动地接受环境刺激的结论。行文至此，已然给读者留下了深刻印象。最后再进行科学性的总结以结束全文，使全文结构更加严谨。

　　本文采取了列举实验和数据的方式让人们更容易接受教育要有科学性这一主题思想。同时也会让读者联想到不光是婴幼儿教育，其他阶段的教育也必须具有科学性，从而引发共鸣。

（张一笑）

转 身

春节前夕，到所包联的贫困户家中慰问，要带上一些米面粮油，家家户户都要到，以表达对帮扶对象的关怀。

在一户扶贫对象家里，当我把两张崭新的百元钞票给扶贫对象时，她既不惊喜，也不淡定，而是带着一丝苦笑。她没有伸手去接钱，而是被动地让我把钱塞进她的手里。那个时候的她真像是一个无助的孩子般局促，这反倒让我觉得自己这个举动非常多余，包括我那几个同行者一下子都有些不好意思了。在场的人都晓得，这钱是我自己掏腰包，不在本次慰问品之列。这位六十来岁的农村妇女，把钞票攥在手里，良久没有任何言语，也没有别的动作。我几次提醒让她把钱收起来，她都没有任何反应，一直到她转身走出窑洞，两张钞票依然在她手中攥着。

那天我们特意留在她家里吃午饭。其实，这并不是她的家，而是她女儿家。因为跟女儿同村，所以她经常吃住在女儿家里。我们吃饭的时候，她却再没有出现在我们面前。我知道她是一个特别内向的人，估计她是看到人多，就一个人躲在厨房或者别的地方吃饭去了。

记得刚来村里扶贫时，第一次到她家，感觉她是一个不幸的女人。因为她很早就没有了丈夫，没有了一个完整的家，一个人孤零零地生活着。但几次接触以后，才发现我错了。多少年来，她就这么一个人生活，她生活得很充实，充实到早晨可以不早起，晚上可以早早睡。在农村，对农户来说，唯一可以立于不败之地的是手艺或者勤劳。可是，她偏偏没有什么手艺，有的只是懒惰。自从男人过世后，她就一个人生活在一个十分空旷的院子里，从三十多岁，一直到现在的六十岁。她只生育了一个女儿，娘儿俩生活的时候，家里就很贫困，靠女儿的大伯帮助生活，女儿大了出嫁到了本村，她就一个人生活。我曾惊讶她为什么不再成一个家，村里的人悄悄对我说，她这个人懒惰在村里是出了名的，好像也没有人肯再娶她。这话说得也许有些绝对，但结果就这样，这么多年过来，她就成了现在的这种生活状态。她有一处很大的土院子，一字排开四孔窑洞，除了她居住的那孔，其余三孔都空闲着。我们每次去她家，总是直接就走进她所居住的那孔窑洞。窑内破旧不堪，窑里除了一台老旧的电视机，一个破了面的旧双人沙发，还有几个用来盛粮食的空缸，就再也没有别的家当。她曾告诉我，她很少看电视。在她家里，那台电视机不再具备它应有的功能，它只是一个贫困户的标识而已。每一个孤寂的夜晚，她是如何度过的？曾让我好生纳闷。从事扶贫工作以来，我从来不曾走进过她家别的窑洞，她跟我说过，别的窑洞都是空的，啥都没有。凭我对她现实生活的观察，我对她的这句话深信不疑。记得第一次走进她家的院子里，正是深秋的一个下午。整个一个大院子，满地长着已经干枯的蒿草，足有半人高，在秋日的阳光照射下，让人感觉很像是走进了一处庄稼地。只有从大门口通往她所居住的窑洞有一条路，是用几块砖头间隔铺出来，并且缝隙里也生长着一些茅草。随行的干部解释说，这些铺在地上的砖头是为了方便主人雨天进出。当时我们看着这种原生态的院子，感到特别惊讶，觉得这么大的一个土院子，不种些菜养些花，真是太可惜了。随行的村干部打趣说，这些人要是能在自家院子里种菜养花，会打理自己的生活，也就不会成为贫困户了。在那些贫困户中间，除去那些因身体原因致贫的家庭，还有那么一些人，他们悠闲地享受着吃饱和吃光的快乐，也能坦然面对贫困饥饿，可以三天两天不吃不喝睡大觉，可以喝白开水，吃方便面，或者什么也不吃、什么也不喝地熬日子。

当时，村干部的话让我特别震惊。后来去村里多了，近距离接触一些贫困户后，慢慢地就见怪不怪了。这些贫困户，他们唯一可以坚守的，是他们所固有的贫困和对未来美好生活向往的缺失。就像村边的那些老柿树，整日在寒风中摇曳。等到了深秋和冬季，树叶早落净了，那些挂在枝头的老柿子，没有人稀罕，没有人采摘。它们长久地在风中摇摆，十分显眼、十分坚韧。直到哪一天，那些老柿子一个接一个地从树上掉到地下，摔得稀烂，结束它对树枝的一生牵挂。

午饭之后，我们准备离开时，我悄悄问她女儿，你母亲哪儿去了，怎么一直没有露面？她女儿淡然一笑说，刚才你们一来，我妈就悄悄问我，你们吃过饭后会不会再去家里。我告诉她有可能去。她说那我得赶紧回家收拾一下，不要让干部们看到我家里乱糟糟的。所以她赶紧在厨房吃了碗面条就回去了。

原来这样。我突然就想，是不是应该去她家里看一看呢？

大家都赞同我的提议。于是，在她女儿和村干部的带领下，我们沿着村里那条弯弯曲曲的小路往她家走。一路上，我脑海里一直回想着最初去她家时的那些印象。

记得一开始接触她的时候，她总是沉默寡言，一句不吭，最多就是朝你笑一笑。给她送米送面送油甚至送钱送物时，她也从来不曾说过一句感谢话，最多也是面对你表露出一些喜色。只有一次我们把单位职工捐赠的旧衣服拿到村上让这些贫困户挑选时，她像小孩子过节一样兴高采烈起来。据说她的一只眼患了白内障，但还没有到做手术的程度。医生告诉她还需要等些时日，等视网膜被覆盖后才能做手术。我不知道这些医学常识，但知道她至少还需要忍受一些时日的痛苦，眼涩、疼痛、见风流泪、视线模糊，等等。物质匮乏，精神颓

180 / 温暖以待

废，唯一的"美德"便是对病痛的默默承受，对时间的等待，对病情变化的等待，以及对那些施舍式恩惠的等待。等待，对她来说已然成为一种生活常态。一个体格健全的人，不习惯自食其力，却要靠女儿和社会的照料，过着一种安闲却贫困的日子。这种在农村习以为常的、相互依存的生活方式，总是以亲情为主色调，以等待为主线条，把对美好生活的期待变成一种痴痴的等待。他们已经不习惯了去奋斗，去拼搏。幸福是奋斗出来的这句话，在他们身上演变为：不想奋斗，只想拥有。这样的人，似乎做到了不以物喜，不以己悲，但却不求上进，无所事事。他们面对生活境遇的心态，好生让人唏嘘，好生让人惆怅。

突然想起她的眼睛需要做手术这件事，转身询问她的女儿，女儿说，做了做了，秋后做的，省里的专家来市医院做的，属于政府资助项目，我妈没有出一分钱，效果也不错。

我"哦"了一声。

很快就到了她家。以往我们每次来都是院门紧闭，需要拍打大门，她才会出来开门。今天院门敞开着，听到我们来了，她就从窑里走出来迎我们。一进院子，印象中篙草丛生的景象没有了，看到的是干净整洁的院子，地面铺上了红色的地砖，西边空地变成了一片菜地，冬日里没有了菜，但那些用树枝搭起的菜架子依然留在地上，可以想象夏秋时节瓜果满架的景象。随行的村干部介绍说，焕苗现在可是勤快了，现在农忙时也开始去地里了，还参加了村里种植中草药的帮扶项目。自己在院子里还种了西红柿、黄瓜、豆角、葱等蔬菜，她一个人都吃不了。她还让女儿帮她在院子里种了两棵苹果树、一棵梨树。

焕苗是她的名字，她的名字就挂在院门外的帮扶牌上，也烙在我的心底。但我们从来不曾叫过她的名字，我们总是把她们统称为贫困户。印象中，村干部是第一次当着我们叫她的名字，他的这种有意无意的变化，让我一下子有一种很特别的感觉。我们总习惯把贫困当作一个人或者一个家庭的标签，我们有意无意地在内心就把他们当作一个弱势群体来对待，而没有把他们放在一个平等的位置。村干部的这种不易察觉的微妙变化，让我感觉到了村干部在扶贫工作中对贫困对象的一种内心的转变，更是帮扶工作中的一种大众化的认知。

从走进焕苗家院子里，村干部就不停地夸奖着她的一些变化。我看到窑洞的门窗也重新油漆成了深红色，院子里变化真的很大。我们走进她住的窑洞，有焕然一新的感觉。窑洞的墙进行了修整和粉刷，窑内的摆设也有了大的变化，那几个盛粮食的大缸摆齐整了，也擦得铮亮了，原来那套破旧不能坐的双人沙发换成了一对儿单人沙发，虽然不像是新的，但沙发上的毛巾却是新的。一张长条茶几摆在沙发前边，茶几上放着一个红色的塑料果盘，果盘里放着五六个刚洗过的苹果。我们一进来，焕苗就示意她女儿给我们苹果吃，自己却转身走到窑里的一个角落，躲在最后边，不愿意靠前。但她的这个小举动让我看在眼里，记在了心里。

女儿没有难为自己的母亲，一边端起果盘，让大家吃苹果，一边说，这是我母亲的心意。我母亲可不会招待人的，她能亲自洗苹果让各位领导吃，那是她真心觉得你们帮她了。

村干部自己拿了一个苹果咬一口，然后说，焕苗现在可是变化大了。她说要是别的贫困户都脱了贫，自己再不劳动致富，让帮扶干部看着笑话哩。以后可不能光知道等靠要了，她也要自己动手，丰衣足食呢。村干部说着哈哈大笑起来。

我在心里想，村干部当着焕苗的面说这些话，既是对她变化的一种赞赏，更多的应当是对她的一种激励吧。焕苗一直站在地上默不作声，但她脸上有一些喜色。我注意观察她的眼睛，果真不像原来那种样子了。

  两年前，她成为我的帮扶对象，但我也只是逢年过节到她家看看，更多的时候是直接去村里或者她女儿家。今天我们提前告知村里要在村里吃饭，村干部就安排在了她女儿家。我们理解村干部的用心，也同意了他们的安排，但直到午饭后来到她的家里，我才蓦然间意识到，焕苗的家还必须来！这是对她的尊重，是对一个帮扶对象变化的肯定，也更是一种鞭策，是在帮扶过程中对她逐渐改变原来一些懒惰习性的一种首肯，这也许比给她钞票更有效。今天的这一发现和感悟，对我、对她，都应该是一种莫大的欣喜。

  扶贫是攻坚战，这攻坚的艰难程度应该不仅仅体现在它的表面，不仅仅意味着把那些依然贫困的农户给帮扶脱贫，更应当培养出他们的一种意志和品质，培养出她们能够拥有一种判别是非美丑的认知能力。如若失去这一基底，我们的扶贫路将会变得更加漫长。

  在村口，我仰头看到村边的那棵老柿树，枝头还挂着三三两两干瘪的柿子在寒风中摇曳。冬日的阳光照射下，它们在树枝间晶莹剔透闪闪发亮。

赏析

  文章以"转身"为题，标新立异，别出心裁，立竿见影。"转身"一词，表达的是从"要我脱贫"向"我要脱贫"的华丽转身，抒发的是大水漫灌式扶贫向精准扶贫的华丽转身，赞美的是物质扶贫向精神扶贫的华丽转身，歌颂的是脱贫攻坚向情感共鸣的华丽转身，讴歌的是拔掉穷根向奔向小康的华丽转身。

  焕苗刚开始是生活在没有盼头、没有希望的贫困山区的孤寂老人，从小到大的经历让她习惯了贫苦的日子，习惯了那些理所当然的捐赠，习惯了人们给予的同情与怜悯。在她的理解中好像她的这一生就这样过吧，她缺少的是能够真正走进她心里的人，缺少的是能够帮助她从根本上改变的人。她不是不做，不是懒，只是缺少内生动力，缺少能给她希望的那份阳光。幸运的是她遇到了一群不仅只是在物质上接济她的人，而是愿意改变她内心的人，使她对活着有了新的定义。最后她改变了，每一位扶贫工作者也从中领悟到扶贫的真正价值所在：扶贫不仅是让贫困户脱离贫困，而是走进他们的内心去改变他们固有的思维方式，让他们真正明白生活的本真美好。

  文中的细节描写更突出了扶贫扶出了人们思想的巨大转变。初次到焕苗家时映入眼帘的是原生态的院子，再次到她家时看到的是干净整洁的院子。焕苗家的前后对比表明经济扶贫有了很大进步。而焕苗和村干部的转变却体现出扶贫工作更深层次的意义，做到了扶贫与扶志扶智相融合。焕苗从出了名的懒到后来自己动手丰衣足食，村干部从最初对贫困户不对等的另眼相待到对贫困户平等相待，无不体现出扶贫工作的成效。作者在文中对那棵老柿子树两次描写截然不同，象征着贫困户的改变。树上的柿子从最初没有人稀罕、没有人采摘，到最后在冬日阳光照射下晶莹剔透，暗示了这些贫困户因被帮扶后发生的改变，也象征着扶贫工作的进展。帮扶者就是冬日里的暖阳，贫困户就是那些在寒风中晶莹剔透的柿子。

  整篇文章通过前后对比以及细节描写，将扶贫工作真实生动地展现在读者眼前。"转"不仅是主人公简单的转身动作，更是帮扶者与被帮扶者内心的转变，是扶贫工作被大众接受的转变。脱贫攻坚，"功崇惟志，业广惟勤"。

（张一笑）

芈月人生

近期热播的电视剧《芈月传》，让一个沉寂了两千三百多年的后宫女人突然间成为大众关注的明星。"芈"这个稀有姓氏，也随之变得人人皆知，这也算是借娱乐媒体让大众普及了一个生僻字"芈"(mǐ)。那么这个芈月究竟何许人也？原来，她竟是战国时期楚国贵族的后代，秦昭襄王的生母，后世称宣太后。

芈月为什么又称作芈八子？原来，芈八子是楚王的女儿，为楚王的妾所生。她与同为楚王女儿的异母姐姐芈姝一同嫁给了秦惠文王。但不同的是，她是以八子的身份进入秦宫的。秦国后宫分八个别级：皇后、夫人、美人、良人、八子、七子、长使、少使。可见，"八子"在当时后宫中的地位并不怎么显眼，甚至可以说是位居人下。可是，这位本不该显山露水的女人，却生了三个儿子，而且其中一个儿子就是后来的秦昭襄王，成就了秦国大业。可想而知，这个芈八子还是很得秦惠文王宠爱的。

我们不妨先来看看芈八子的老公，历史上大名鼎鼎的秦惠文王嬴驷。

这个秦惠文王，是秦国历史上的第一个称王称霸的人。虽然在历史上，秦惠文王留下了车裂商鞅的政治污点，但他依旧不愧是一个英明神武的君主。秦惠文王在位期间，对内慧眼识珠、任贤用能。既重用张仪实施合纵，又重用司马错出兵巴蜀，扩疆拓土，得到了蜀地这个天府之国。对外，北扫义渠，西平巴蜀，东出函谷，南下商於，两次大破六国合纵大军，诛杀六国兵马上百万，彻底让东方六国吓破了胆，从此"闻秦色变"。至此，在秦惠文王的统治下，秦国成为一个繁荣富庶、气势如虹的超级强国。

可惜，到了公元前311年，功勋卓著的秦惠文王英年早逝。他死后，由其长子嬴荡继位，史称秦武王。至此，秦朝的历史，翻开了新的一页。

这里说一说秦惠文王后，其实就是那个原来叫芈姝的女人，芈月的同父异母的姐姐。她原来可不是一个厉害的女人，可生存环境让这个女人成了一个厉害的主儿。等秦惠文王一死，她就开始收拾后宫，芈八子的一个儿子嬴稷被送到燕国去当了人质。芈八子母子几人的命运一下子跌到了人生命运的低谷。在这页历史中，貌似没有芈八子的位置。

如果不出意外的话，这个叫芈月的女人将被历史所遗忘，若有若无，了此余生。

然而，仅仅过了三年，也就是公元前307年，秦国就爆发了一件"神奇"的事件。秦武王在一次举鼎比赛中，举鼎失败，被鼎砸断了腿，史称"举鼎绝膑"。当天晚上，秦武王因流血过多，气绝而亡，死时年仅二十二岁。

秦武王在位仅四年，而且无子，王位只能由他的弟弟继承。这就激发了很多人的想象力和创造力。要知道，为了得到这个空缺的皇位，当时秦宫里有条件的人、没条件的人，全都卷了进来。

秦武王的意外死亡，让这个叫芈月的女人才一下子有了从后台走向前台的绝好机会。

芈八子也想拿自己的儿子赌一把。在这场赌博中，芈八子同母异父的弟弟魏冉起了极大的作用。当秦惠文王还活着时，魏冉就一直与燕赵两国保持着不错的关系。在芈八子的策划下，在燕国为人质的嬴稷由燕赵两国出面护送回了秦国。自此，秦国开始了一场长达三年的王位争夺战，史称季君之乱。

据史料记载，为了拥立新君主，魏冉不惜血洗秦宫，他诛杀了惠太后、公子壮、公子雍等人，又将武王后驱逐到了魏国，并拥立嬴稷为新的秦王。

那么，为什么魏冉要拥立嬴稷为大王呢？因为魏冉是一个外戚，嬴稷是他的亲外甥，而他的亲姐姐，就是芈八子，芈月。

这位新秦王，就是后来让秦将白起打赢长平之战，为秦始皇横扫天下铺平道路的秦始皇的曾祖父，秦国的秦昭襄王。

历史上的秦昭襄王，于公元前306年登基，一直到公元前251年才去世，他在位时间长达五十六年。

秦昭襄王，又称秦昭王，是秦始皇的爷爷的父亲。秦始皇的爷爷做了三天的国君就死了，秦始皇的父亲也只做了不到三年的国君就去了，把位子让给了嬴政，当时嬴政十三岁。所以，昭襄王虽然是嬴政的曾祖父，但离嬴政并不遥远。

秦昭襄王是秦国甚至中国历史上一个很厉害，也很重要的角色。可以说，没有秦昭王，秦国的统一大业很难完成，或者至少也得推迟五十年，遗憾的是昭王的光辉业绩，在历史的长河里完全被后来那位大名鼎鼎的始皇帝给遮蔽了。

秦昭襄王登基，芈八子被尊为太后，史称宣太后。

因当时秦昭襄王年少，便由太后主政。而这个宣太后也确实做到了临危不乱，以强硬的政治手腕维护了朝政的稳定。在她的授意下，秦昭王封魏冉为将军。由此形成了芈氏一族独揽大权的政治格局，秦国原来重用客卿的传统被打破。当然，在中国历史上，太后这个称谓也始见于这个叫芈八子的女人，可谓千古太后第一人。自此，这一个女人的传奇人生整整上演了四十年。

位子稳固后，贵为宣太后的芈八子开始将敌对势力惠文王后派系的人屠杀殆尽，独揽大权，临朝称制，杀伐决断，攘外安邦，以铁血手腕维护国家政权的稳定。

在她临朝称制的四十年里,秦国由宣太后的异父同母的弟弟魏冉、同父异母的弟弟芈戎,以及她另外的两个儿子公子悝、公子芾主政。当时的各国把这四个人称为四贵。四贵的专权极大限制了秦昭襄王的权力。

魏国人范雎逃亡至秦国后,向秦王点出了天下只知秦国有太后和四贵,不知有秦王的局面,并向秦昭王建议收回五人的权力,以免造成赵国那样弑君篡国的祸乱。秦昭襄王终于觉醒,立即废宣太后,将穰侯魏冉、华阳君芈戎、高陵君嬴悝、泾阳君嬴芾等四贵驱逐出秦国。秦王任用范雎为相,采取他的"近交远攻"的策略,最终扳倒秦国权贵,让秦国回到正常轨道上来。

作为秦昭襄王生母的芈八子,在掌管朝政四十年后终于失势,次年十月去世,埋葬在芷阳骊山。

一个曾经特立独行的女人,统治秦国四十一年,虽然最后被儿子夺回了权力,但威风犹在,照样在王宫里豢养男宠,临了还想让心爱的男宠殉葬。这位宣太后行事之不羁,手段之高明,可谓独步古今。史籍中所载的种种有关她的事迹,更令人瞠目结舌。她的一生充满戏剧性,比武则天、慈禧活得更精彩更自我。

但任何一个人,无论男人还是女人,无论国君还是普通百姓,命运给予你光彩,必定还会给你该有的落寞。正所谓生命有轮回,日月有复始。谁也不要有太多不属于自己的奢望。唯有如此,才不会丢失生命的本真。

如果能悟出这个理儿,你便可轻松笑谈芈八子的人生起伏了。

赏析

　　两千多年后，兵戈已息，只剩下记载在史书中的那个一生波澜壮阔的芈月。这是一篇剧评，却似乎又不是一篇简单的剧评，文笔细腻、流畅，有着自己的文学底蕴，有着自己探究历史人文脉络的谨慎和细致。读史是需要共情的，唯有以一颗真挚的心与之共舞，才能读出历史的生命和活力。

　　一部《芈月传》写出那个时代文明与诡计的双线并走，也是通过女性的视角对那个男权社会发出的一声嘶吼。印象最深的是剧中芈月的一段念白"我既能一掷决生死，又能一笑泯恩仇"，这是芈月对自己一生的归纳和总结，如此霸气。一篇《芈月人生》除了给我们讲解女政治家芈月极为曲折传奇的人生故事外，更多的是对人性的解读。作者告诉我们，人都从普通中来，而后光彩，终归还是要与寂寞为伴。芈月的拿得起放得下成就了她的凤凰涅槃、浴火重生。于此，作者认为她活得很明白。放眼当下，聪明人常有而芈月不常有，我们在追剧读文之余，更要借以自勉。

（王丽）

悲剧、悲情、悲壮

我是个很少看戏的人。前几天因为知道好友姜惠源编剧的上党落子《炎帝归潞》要在潞安剧院展演，所以才有兴致去看了。看前有期待，看后很震撼。惠源是写戏高手，虽是一个古代神话剧，但他所擅长的重戏剧情节、重戏剧冲突的艺术手法表现得淋漓尽致，也让观众深刻感受到了浓重的戏份。

《炎帝归潞》的情节和矛盾冲突甚为精妙。该剧描写的是大约五千多年前的史前文明。炎帝参卢为了福佑黎民百姓，实现富强文明之梦，决定打破帝位只禅让姜姓部落首领的千年旧制，彻底改变少数人在少数人中选人的陋习，实行各部落众推广选，择贤禅位。没想到，一石激起千重浪，天下陷入一片混乱。共工用钱贿赂，蚩尤引兵强夺，最终炎帝参卢联合轩辕氏打败蚩尤，并将帝位禅让于轩辕氏。炎帝参卢禅位后，回到潞水畔，也就是如今的浊漳河畔，傍潞水筑城，静心事农桑，颐养天年，令人敬仰与深思。该剧围绕帝位禅让上演了一幕幕惊心动魄、跌宕起伏的恩怨情仇，堪称悲剧、悲情、悲壮。

通览全剧，有三悲。

共工继位不成怒触不周山，为一悲。

剧中，共工为姜姓部落一个只有二十五岁的部落首领，是炎帝之子。共工部落天下最富，可谓富甲一方，被称作土豪级人物。"我最富，为富者当仁不让。"这是共工自我感觉良好的重要因素。最值得一提的是，他还是名副其实的官二代。剧中的共工，年少自信，春风得意。他信奉"天下之事皆简单，万变不离唯有钱，有钱能使鬼推磨，有钱能把乾坤颠"。所以，在得知自己的父亲要公推帝位时，他可谓用心良苦，做了充分的准备。"钱能解决的问题，就绝对不是问题。"共工将白璧分送各部落首领，那些个部族首领纷纷被共工的糖衣炮弹击中而丧失分辨力和原则，甘愿做共工的说客，几乎是一边倒地倾向于共工。当然，其中也有例外者，譬如夸父。夸父与剧中其他首领的不同点在于，他不受共工之贿，用他的话讲，本族人以草叶为衣，兽骨为饰，白璧无用，所以不受。但你不要认为夸父在剧中就是一个公平正义的代表。当那些接受了共工贿赂的部落首领，纷纷向炎帝说共工如何如何胜任之时，夸父却默不作声，察言观色。他察谁之言，观谁之色？炎帝，还是事态局势的变化？我看都有！此等金钱不受，但也不表态，不持立场之人，是典型的明哲保身之人，古今有之，这何尝不是对现实的一大讽刺。共工在继位之事上可谓势在必得，但在以德为先的炎帝面前，共工还是失败了。炎帝的选人标准是，禅让不分姓氏，广选英贤。共工是官二代、富二代，但他为富不仁，自然在炎帝面前不被认可了。共工以命相谏不成，怒触天柱不周山，致天崩地裂，可悲可怜可叹。

蚩尤争位未果被逼自杀，为二悲。

炎帝要禅让外姓，这对号称天下最强的姜姓九黎部首领蚩尤来说，是对他的极大挑战。又闻听炎帝之子共工已死，蚩尤认为最好的时机已经到来。他趁炎帝参卢远在潞水河畔的伊耆城会盟各部首领，公推帝位候选人之机，起兵叛乱，直逼帝都空桑，实施兵谏。

蚩尤信奉"枪杆子里面出政权"，所以他才会上演逼宫一幕。当炎帝问及他"你有何资格受炎帝之位"时，他的话非常直白：我是天下最强，强者为王，理所应当！

如果蚩尤第一次逼宫，是兵不血刃的话，那么第二次逼宫就是血流成河了。

兵谏不成，引发血战。蚩尤与轩辕开始了旷日持久的涿鹿之战。剧中，蚩尤战败，但并未战死，而是被轩辕所擒。一代兵神蚩尤，看到唾手可得的帝位与自己渐行渐远，唯一对他怀有深情的女娲妹妹也跳海赴死，眼前的一切归零，自杀便是最好的归路。众部之冠的九黎部首领，就这样怀揣着羞愧、怀抱着破灭的理想和对女娲妹妹的深深眷恋而自杀了。历史上的蚩尤是战死，剧中的他功亏一篑后自杀，更凸显出这个悲剧人物的悲壮色彩。

女娲跳海泯恩仇，为三悲。

剧中的女娲是一个私恩与公义相缠绕，家事与大局相纠缠的多面人物形象。女娲为什么会跳海？在史前文明中，女娲应该是因意外葬身大海，然后心有不甘化作精卫鸟以填沧海，精卫填海是一个家喻户晓的经典寓言故事。但这里，精明的编剧，用他天才般的构思和灵巧之笔，为我们演绎了别出心裁的情节，因了轩辕的一句话："不杀蚩尤心不甘，除非沧海变桑田。"

蚩尤杀戮无度，轩辕仇恨满腔，一向仁慈的轩辕也坚持"不杀蚩尤不足以平怨愤"。在这样的关头，女娲挺身而出，以身救蚩尤。在剧中，女娲面临几次抉择：在蚩尤兵谏被擒后，她面临放与不放的选择，在轩辕与蚩尤鏖战受伤后，她又面临帮与不帮的选择，在蚩尤与轩辕交战被擒后再次面临救与不救的选择。如果说第一次选择，还是私情，因为蚩尤曾虎口夺命，把她从虎口救出，这种英雄救美感动了幼小的女娲并在心中牢牢扎根。所以，当蚩尤被囚九寒洞，女娲会暗中放人。这一放惹下了祸根，才有了后来的多次选择。当蚩尤和轩辕两个男人决战时，中间站着一个女人，她举足轻重，最终，她偏向了其中一个。这个人赢了，那个人必然是输了。一个成就了万古帝业,一个成为阶下囚,成者为王败者寇。"为救轩辕把蚩尤害。"这成了女娲最大的心结。涿鹿之战,"龙皮做鼓赛雷声",战鼓齐鸣,蚩尤因从小惧怕雷声而浑身发抖,武器落地,束手就擒。而这一结果,恰恰用的就是女娲的计策。这至关重要的一计,让轩辕一举成名,让一代枭雄蚩尤兵败如山倒,最终走向末路。在几乎是一边倒的"杀蚩尤"的高呼声中,女娲再次站出来,力挺蚩尤,"不杀蚩尤干戈止,斩杀蚩尤战火燃"。这个时候的女娲,她的内心已经从"小我"升华为"大我",这个"大我"就是百姓安康,而不再是儿女私情。为了轩辕,为了蚩尤,更多是为了黎民百姓,为了这个世界的和平与安宁,女娲毅然决然地葬身大海,完成了一个小女子的惊天壮举。她以一己之身,换来时世的安宁。当那只精卫鸟在大海上空鸣叫飞翔时,观众的心碎了。

如果说女娲是一种至情至爱的象征,女娲为爱而活、为爱而死、为爱而重生的生命历程,使该剧的悲情色彩更加浓烈。

三个悲剧人物跌宕起伏的命运,换来的是炎帝参卢禅位成功,圆了一个旷世帝王的世纪之梦。炎帝最终在百谷山告祖,并禅让帝位于轩辕,一个以炎黄为始祖的民族从此诞生,剧情以喜剧落下帷幕。

剧中,炎帝参卢才是真正意义上的主角。他高瞻远瞩,深明大义,为了让禅位贤能的夙愿化为现实,炎帝经历的磨难与痛苦是常人无法想象的。面对乱局与非议,面对接二连三地丧儿丧女之痛,炎帝承受着不能承受之重。但他没有倒下,更没有半途而废,前功尽弃,而是勇往直前,最终实至名归。更可贵的是,他在禅位之后,能够在潞水之畔筑城而居,永远守望着女娲的英灵,安居乐业。丧儿之痛、失女之痛、让位后的空寂,想必会萦绕在他的心头。但不经历风雨,哪能见彩虹?经历了血雨腥风,最终换来了时世的安宁。

这是他最大的收获。他做到了真正意义上的华丽转身。安宁，比什么都重要。充实，比什么都不可或缺。这大概也是编者的初衷。

剧中的人文主义和理想主义贯穿始终。他试图用理想主义肯定人性和人的价值，把人的善良丑恶在剧中准确无误地勾勒出来，把一种倡导世间公平和享受人世欢乐的田园牧歌式的理念融入剧中，歌舞升平、专事农桑、尽享安乐的个人理想主义在剧中凸显。让细心的观众在欣赏剧情时，品读到编者的一片良苦用心和唯美追求。

鲁迅先生曾说过，"悲剧将人生的有价值的东西毁灭给人看，喜剧将那无价值的东西撕破给人看"。剧中，蚩尤和共工的可恶，都给予集中展现，包括那些小配角，如"不烂舌"的种种劣行，都给予撕裂式地展示。而对于炎帝参卢、轩辕、女娲等人物的美德善行，都给予了大写特写。

该剧表演、化妆、舞美设计，都堪称一流。据说该剧在排演时专门聘请了省内知名的舞美设计师马步远先生为该剧进行舞美设计。再加上演员的精湛表演，真可谓珠联璧合，让一个个各具特色的神话人物形象站在了观众面前。

剧作《炎帝归潞》，重在渲染炎帝禅让之艰难，把禅让过程中的矛盾冲突描摹得栩栩如生、合情入理，既尊重史实，又有充分的个性发挥。该剧的最大亮点，并非仅仅构思让观众震撼的戏剧冲突和人物形象。更值得注意的是，编剧在该剧中融入了公平正义、和谐共融的治政理念，是真正意义上的姜版《炎帝归潞》，值得我们细心观赏和品味。

赏 析

本文标题颇有特色，既是行文线索，又是内容概要，还是主题表述，简洁明了，使人印象深刻。本文特点主要有三：一是中心突出，主次分明。《炎帝归潞》的悲剧性是本文的中心，作者抓住"三悲"，重点围绕戏剧主要矛盾展开，紧扣文章题目，特别是共工"三可"（可悲可怜可叹）、蚩尤"一变"（战神变自杀者）、女娲"三爱"（为爱而活、为爱而死、为爱而重生），形散而神不散。二是结构清晰，环环相扣。本文依次写了主要剧情、人物赏析、中心主旨及编排艺术，读完给人明晰之感。三是语言生动，富于感染力。本文的语言既接地气，又充满强烈的感情色彩，将史前与现代连接起来，读来毫无时代隔阂，表现出该剧人文主义和理想主义的共生价值，表现出了中华民族坚韧、自强、不畏艰难的进取精神，公平正义、和谐共融，至今仍是中华民族的伟大信仰。

（张一笑）

记忆寻根、历史熨帖与人文追怀
——评石国平散文集《温暖以待》

/ 金春平

当代散文的变革不乏体现于语言、技法、修辞等领域的实验探索，更具本体性的革新动力则来自散文经验资源的隐秘更迭。从政治性到社会性、从器物性到人文性、从记忆性到历史性、从文化性到思想性，散文往往被赋予了超强的能指期待，并在他者化意识形态的持续规约当中，确立了多元的文体话语姿态——闲适幽默、肃穆理性、宏大丰赡、精微细腻、沉郁内敛等。多元化的散文话语形态，并非只是纯粹的异质性文学审美饕餮的展览与构建，而是指向语言表述背后"完整个人"的多样化话语姿态凸显。也就是说，真正的"个人"或"个体"的独立、丰富、深邃，决定着散文写作精神空间的阔大、语体风格的独异、文体美学的魅力。而诸多政治性散文、历史性散文、文化性散文之所以屡遭诟病，就在于支撑文体表述的完整、理性、敏锐和开放的"个人性"的严重阙如。它们宏大、高蹈而精深的言说所内蕴的话语只是某种常规性的翻版与重复。于是抽象而空洞的知识堆砌、史料钩沉、表象描摹、惊异观感占据了散文表述的中心。相反，那些极具个人性或个体性的深刻、独异而本真的话语，或者被动放逐，或者主动隐蔽。因此，当代散文期待那类充盈着真正成熟品质的主体性个人的散文。它包含着心灵的自由、情感的丰沛、性情的趣味、感官的恣意、生命的真实、灵魂的高贵,"个人性"已经成为心照不宣的裁定散文品格高下的重要标识之一。因此鲁迅的充满歧义性的散文诗,周作人的雅致涩趣的美文,抑或是林语堂的闲适从容的小品文,汪曾祺的澄澈质朴的散文,其散文经典地位奠定的成因,不仅在于他们对古今中外资源的继承化用,也不仅在于其思想、艺术与审美等经验的贴切融合,更在于他们的散文是鲜活而健旺的"个人"在思考、在记述、在行动。这些散文典范所包蕴的心胸与自由、情感与真实、美学与智慧、精神与重量是其风格化魅力的"艺术性"内因。

在石国平的散文集《温暖以待》当中,"人伦之观""生命之感"和"世道之思"构成其封疆式的总体叙述领域,但其内在的却是当代散文久违的"个人性""个体性""生命性"的立体展示。所有篇什的记述动因与言说进阶,无不源于"我"主动而积极地与自我内在或外在世界的介入和对话。这里的"我"是卸去了生活化的世俗角色束缚之后的一种完全式敞开的、真实的、自由的、性情的、趣味的、审美的"感官自我",也是凝聚着个人记忆、历史记忆和社会记忆的思考的、追溯的、辩诘的"理性自我"。感官自我的从容记述,以个体化的体验真实为实录原则,其中所蕴藏的情感波澜、思绪起伏、美感冲动、性情恣肆、快意恩仇等,将散文所经常倚仗的各种理性规约彻底弃置,而将感官的全部功能彻底开启,也让《温暖以待》充斥着源自生活化密实与琐碎所营造或所氤氲的本我感性化场景。文字的世界因此不仅仅是"我"的观察,还是"我"的在场,更是"我"的发现。也由此,个人的感性体验获得了深度的"共情"契机,并在"共情"当中完成了丰富而隐秘的个体与集体的经验交换。可以说,作品集当中诸多文字洗练、句式简洁的反修辞化的散文篇目,是作者以"敞开的心""直抒的情""内敛的魂"在与大众进行情感共振。同时,《温暖以待》当中还隐匿并矗立着"理性自我"的幽远话语。信步闲庭、平实优雅，或沉湎追忆、历史遥望，只是作者散文记述的显在姿态，其内隐的则是"理性自我"的言说紧促。这种或紧促，或隐痛，或悲恸，或苍凉，或惋惜，是一位现代知识分子从感官化现场的有意撤离与远距离审视，是一位秉持人伦、人情和人性价值立场的当代人文士子，对家族亲情、旷世爱情、乡村教育的记录、反思与揭橥。他不仅追求"事件的真实"，更执着于"情感的深度""文化的深邃""人性的尊严"。可以说，"理性自我"努力僭越"感性自我"的现场性俘虏，而不断试图抵达对众多日常生活最为内在的肌理剖视，这使《温暖以待》在自由化的共情分享中，内蕴着饱满而尖锐的自我言说或理性透视"世道本相"的强劲力度。

《第一辑：情感走笔》是对"精神故乡""家族情感"的本色质朴地抒发与记述。这里对诸多乡村生活化场景和家族日常化场景的记忆复现、现实描摹和心绪展露，既指向于对当代"人伦"的惊异发现，包含着对记忆与想象的残酷破解，也是对"自我"情感经验的隐秘整理，感官的敏锐在独语和品悟当中得以充分释放。因此，作者的记述与其说是试图对外在生活进行秉笔实录，不如说是外在的乡村景观和亲情场景在不断激发并生成着"感官之我"的复苏，在持续恢复着"我"一度日渐消失但仍然潜在的本我的"个体感性"和"心灵家园"。《乡村絮语》以返乡的话语姿态，重新寻觅故乡/乡村与"我"的精神关联。乡村的人、情、景亘古依旧，它们代表着一种古朴、原始而自足的自然生活情境。"我"是在贸然而意外的"返归"或"闯入"当中，体验着久违的乡村诗意生活，也开始了自我参照式的反省与隐秘式的蜕变。一方面，"我"在回归当中发现了自己与故土、与乡村、与自然的无意识远离的"残酷"现实。乡民待人的古道热肠、乡民精神的乐观豁达，这一切验证了寓居者对乡村乌托邦的浪漫想象，也是童年记忆的瞬间性现世重现。乡村以时间与空间的自足循环接纳了"我"的返回。这是一种我与乡村在生活表象领域的热烈而欣喜地彼此切近,而作者在诗意乡村体验中所无法逃避的对前现代日常苦难人生现实的陌生化,也无疑宣示了作者与乡村一度的现实疏离——"我"早已成为一位"异乡者"。另一方面,作者并不甘沦为乡村生活的"他者",于是,作者努力从乡村风物当中钩沉自我与乡村隐秘的生命关联。乡间的碎语、乡村的儿歌、乡村的夜晚、乡村的秋雨、乡村的深秋、乡村的蝉鸣鸟语、乡村的红旗渠、乡村的望京楼、乡村的远古传说等等,作者敞开幽闭已久的感官功能,包括记忆、听觉、嗅觉、触觉、视觉,在闲适悠然当中将心灵与乡村风物的精魂进行通灵,在将自我彻底沉溺和放纵在与乡村生活和自然万物的灵性感应当中,本然自为的乡村因此呈现出悠远、古典而静穆的美学情韵。更重要的是这一切构成"我"自觉反观感性本我的契机,并再次确认了"我"与乡村母体、乡村文化、乡村血脉、乡村生命的深刻而幽静的精神关联。《路过徐州》当中,父亲对儿子微妙的心理期待以及这种期待所带来的失落,卸去了"父子"之间所惯常的为了维护"角色尊严"所衍生的等级、权威、冷漠与隐忍。相反,作者的情感剖析所展示出的是一位父亲,其丰富而炽热的情感世界和心灵质地。父亲对儿子的期待、焦虑、埋怨、渴望、责备、无奈等等,成为文字演进的情感逻辑。但作者由此所生发的却是一种宽容、愧疚与彻悟:宽容儿子对父亲徒有思念冲动却无日常行动,"父与子,两个人,一个在大学校园里,一个在高速行进的车上。相距最近时,父子相互牵挂,仅此而已",愧疚年少时对父辈之爱的冷漠,彻悟人生的情感唯有深入其中才能感同身受。《期盼》当中的父子围绕人生方向与事业发展而涌动的观念协同或冲突,解构了家长权威与个体自由、传统观念与个性反叛的现代模式。父与子之间缘起于"自我价值"实现方式的歧义,造成了彼此之间无可名状的话语错位。但是,父亲对儿子施压式的鼓励，与儿子对父亲焦虑式的回报，在考研成功的集体期盼与信心蛊惑下获得了内在和解。《田园已芜我不归》《家有父母》《华法令》《愿时光可以倒流》《秋天的思绪》《一棵扎在别人家地里的秧》则是"我"对故土、父母、岳父、兄弟等诸多至亲之人的"生死"记述。无论是夫妻之间的相濡以沫，父母与子女间的相依相恋，还是人至暮年对生的留恋、对死的坦然，这些凡俗的人生故事并未有奇崛的戏剧性跌宕，但却始终含有一种倔强、坚韧、恒久的人性力度与生命通透。在这类作品当中，"死亡"既指涉对故土遗忘的"认同之别"，也指涉对亲情放弃的"人伦之别"，更多的则是生命陨灭的"亲情之别"。但是作者并未渲染死亡对生人逼近时的集体绝望，而是以"死亡"作为反观视点和代入视点，凝思人之"生"与"死"的无常和玄奥，描摹将亡人离世时的包容、博大、坦然、自为，对"我们"是一种生命启悟。而这种抽象的生命教诲，在"我"目睹死亡、感受死亡、触摸死亡时，转换为一种有效而切肤的生命经验，并让我具有了超越性的自觉并获得人世家族人伦的感性澄澈。

《第二辑：尘世漫步》以现实游记的叙述方式，打捞着风物所蕴藏的历史典故，复现着种种已然逝去但高贵延绵的人文精神，而"我"俨然是名胜风物与久远历史、现实境况与时空流转的中介"虫洞"。可以说，正是在"我"的审美文化探幽，以及"我们"的集体文化记忆的激活之下，凤凰古城、石板街、沈从文故居、岭南花园、松山湖、恭王府、纳木错、三垂岗、萧红故居等自然与人文遗迹，不再仅仅只是游历者单纯猎奇的对象，也不再只是提供一种"异域化"的风物他者，而是上升为暗喻着深刻的人文传统、鲜明的文化版图的象征体。也因此，与其说作者是在记述自然或人文景观的游历体验，毋宁说作者是在不断地对历史本相进行自觉探寻，持续地以"当代视阈"开启与历史人物的对话，并以"我"为焦点所展开的在与自然风物、历史典故等的深度互动当中，钩沉渐趋沉寂但仍然在日常生活当中坚定运行的"人文精神"和"道德传统"。而这种"被打捞的"人文传统和历史观念，已经成为审视"现世化"的当代社会文化、当代人精神处境的有效语法。在彼此互现当中，凝聚着作者对特定地域、历史、政治、人心、命运、民性等的感悟与反思。《沱江日夜绕凤凰》是作者对凤凰古城"地域性本体精神"的历史追溯，从盗匪之乡到人杰地灵、从彪悍霸气到世俗精明、从古典冷艳到时尚烦嚣、从神秘诡谲到浪漫诗意，作者在听闻、传说、感受与凝望当中，赋形出凤凰古城的本有的全貌，祛除了域外关于凤凰古城的种种偏念想象。但这种混杂着历史、秘闻、体验、想象的"本体性全貌"，也附属着难以厘清的对地域精神本体抵达的迷障。于是，《古色古香石板街》就是作者对凤凰古城人文内涵与生活精神的"现场感"的"现世性"勘验。工艺品的"妩媚"、银镯价位的"节制"、石板街的文墨氤氲，这种商业文化与书香文化的奇妙耦合，或者说当代资本欲望的合法与传统道德的节制在石板街的历史相遇，造就出"凤凰人的精明之中的诚实，诚实之中的精明"。显然，作者所"感同身受"的凤凰古城的地域精神与人文风尚，包含了现代化浪潮侵袭的历史伤感，也包含着地域性精神渐次褪去其自足、封闭而亘古的文化高尚之后的历史喟叹。但是，作者始终坚信凤凰古城的这种褪色、蜕变，甚至所感受到的日常生活表象，并非凤凰古城的历史本色。在《亦真亦幻沈从文》当中，无论是沈从文身份的历次转型，还是其浪漫爱情的传奇，抑或是其屡遭人生劫难的生命痂斑，无不昭示出凤凰古城乃至湘西地域的正宗精神血脉，不仅是浪漫、拙朴、神秘，更饱含着作为地方性集体对生活磨难的坚韧、对知识文化的虔诚、对人伦道德的恪守。《一蓑烟雨任平生》《游走恭王府》《凝望纳木错》《风过三垂冈》《一生只为爱，未留片刻暖》是从风景审美生发出对历史人物、历史事件、历史现象的史实追寻。作者记述的联想或跳跃表征着由直觉到理性、从现实到记忆、从叙述到辩驳的语态迁移。但这类以感性化、诗意化和共情化的表述所进行的历史想象或记忆回溯，其共同的指向是解构历史的神话，消解被历史定论所宣判的刻板，试图从"个体之人的视阈"出发，包括从人性、情感、心境等角度，重新介入关于人物的集体记忆、概念定式与文化想象。因此，这是一种人文主义式的历史人物"史论"，而作者所着意反叛的"我们已然习惯了以一种声音、一个视角去看问题。更多的时候，我们习惯和喜欢用自己的主观去臆测一些客观，却很少去尝试以另一种方式打开思维的闸门"的历史思维法则，使其历史人物叙述和历史文化叙述，最终展示出回归人文本位、人性本位、情感本位的立体面相。于是，作者一方面追溯苏轼在仕宦时震荡坎坷当中的现世不幸，艳美苏轼钟情山水寄情爱情所获得的精神慰藉和心灵安抚，礼赞其在超脱生活磨砺、体悟命运浮沉、感知人世纷扰等人生大起大落和大彻大悟之后的"隐逸情结""禅宗修为""道家人格"。另一方面，作者极力探究与透视人生浮沉、命运跌宕、生命虚幻、人世沧桑的人性根源："一个人的怨气也好，愤世嫉俗也罢，只不过就是因为贪心不足罢了。"同样，作者一方面还原了和珅之所以能够在仕途上繁盛一世的智慧、人格等内在成因，但作者更感喟于他瞬间璀璨之后昙花一现的根由，同样在于"对权力和金钱的贪欲，一旦膨胀，便难以自拔，直至自掘坟墓"。而作者对纳木错神秘传说的"情欲"、三垂冈典故人物的"权欲"、萧红传奇悲戚的"爱欲"的反顾与反思，无不借"以史鉴今"的方式阐发古今幽情与天地玄道，最终在天地苍黄当中寻觅理想的道德人格与完善的人生哲学，以此作为寻找自我、确立自我与发现自我的文化构建方式。

如果说前两辑当中作者所构建出的是记忆与情感的"个体自我"、知性与文化的"个体自我"，《第三辑：乡梓碎语》所构建出的则是理性与人文的"个体自我"。也由此,当代散文普遍缺失但又急需的"完整的个人"在《温暖以待》当中不仅坚定地矗立与张目,而且这个"个体"是高度自觉意识的"现代性""个人"。他的个体记忆和情感生发能力,能够构建起个人体验与日常生活的感性关联。他的知性理解和文化认知能力,能够建构起个人审美与历史想象的人文关联。他的理性思辨与机制阐释能力,能够构建起个体观照与社会生活的互证关联。《乡梓碎语》所包含的乡村教育、乡村扶贫、艺术赏析等的田野调查、观察纪录或现象审思,是作者试图超越个人化的视阈,而将个体的感知、体验和思考能力延伸到诸多被遮蔽、被忽略和被排斥的"偏远乡村教育""基层幼儿教育""乡村扶贫实践"等社会领域的功能拓展型的散文叙述实验。作者的个人性在此悄然转化为具备现代理性的社会化和思辨化的个体——"多维度的角色共融"与"立体化的现象透视"。这种个体具有多重而共时的内涵复合性,包含了作为管理角色的工作调研、田野调查、现状剖析,国家政策的解读、规约、认知,一线教师角色的现场体验、生活体验、心灵体验,人文学者的良知、道德、悲悯,等等,从而使《乡梓碎语》具有了"历史总体性"的文学品格。因此在作品当中,作者不仅只是将乡村教育、基础教育、扶贫攻坚作为其文字描述、揭示和反思的对象,以此逼近一种中国乡村教育的"真实"生活纹理,比如城乡教育资源的地缘分化、乡村师资队伍的流失匮乏、乡村寄宿学生的情感教育缺位、乡村教育资源整合的人文代价、乡村教育经费的巨大短缺、幼儿教师身份的体制困境、扶贫对象心灵世界的微妙嬗变等。作者更青睐于以第一现场的情感触觉和共情能力,去展示在乡村一线的乡民、教师、学生、基层干部等众多鲜活的凡俗之人。他们最为内在、真诚、热烈地对乡村教育和乡村未来的坚守、信仰、希望和执着,以及他们最为深隐、无奈甚至悲壮的职业尴尬、身份尴尬和人生尴尬,而作者这一系列的身心感观，无不指向于从第一现场的感官体验、第二视点的历史纵深与第三视阈的社会结构等角度，来追溯和剥离乡村教育现状与症候的多元而复杂的成因。尽管作者是以相当隐晦甚至咏叹的方式来直陈其因，但作者对时代、社会、生活和精神"暗角"的直面与介入，对被现代化想象狂欢所遮蔽的真实的乡村生活的凝思，不仅构成了中国故事的一种叙述景观，也自觉地续接起传统知识分子"为民请命"的精神传统。作者温婉的"金刚怒目"、内蕴的"杂文刀锋"、深藏的"生命悲悯"、雅致的"情感理解"，既是对以周作人、鲁迅、林语堂等为代表的现代散文精神余韵的跨时空赓续，也是作者对自身所具有的知识资源、时代感知、历史体验、思辨理性等"现世思维"的叙事操演，最终使《乡梓碎语》具备了架构乡村教育叙述典型性的充分话语资源。从而在"现代散文的文脉传承"和"当代散文的经验构建"的双重意义上，彰显出一种完备、成熟、复数、开放和现代的个体化写作的散文美学气象。

　　金春平，1983年2月出生，山西阳曲人。现任山西财经大学新闻与艺术学院副院长。中国现代文学馆特邀研究员，民盟中央文化艺术研究院山西分院副院长，中国作家协会会员，中国现代文学研究会会员，中国当代文学研究会会员，中国少数民族文学研究学会会员，中国文艺评论家协会会员，山西省作家协会首届签约评论家。曾获中国当代文学研究优秀成果奖、山西省社会科学研究优秀成果奖、山西省"百部（篇）工程"奖、江苏省紫金文艺评论奖等。

后　记

　　智慧是一种技能，孤独却是一个人与生俱来的内心体验和生存偏好。清代性灵派诗人袁枚有诗云："青山尚且直如弦，人生孤立何伤焉？"人要坚守自己的本真，不必羡慕他人。人各有活法，生命各有不同，生活各有滋味，花开不同赏，花落不同悲，也许别人并不知道你路上的风景是什么，也不懂你要看什么风景，不知道你走走停停是在等候还是在寻觅，是在欣赏还是在思索。大路朝天，各行其道，那些行走在道上的人，都有着各色各样的状态或情形，没有预演，没有设计，无法预料。若能做到不以物喜，不以己悲，那应该是一种功到自然成的历练。你想升高时，就向上仰望。当你习惯向下俯视时，你一定已经站在了高处。

　　一个人总会错过一些风景，但总要相信下一站更美。当遇见你所期盼的人和事，一生不枉此行，倘若等不到你所期盼的东西，也不能总是沉浸于过往。一个善良的人、一个宽容的人，终究会遇上一些美好，美好的人、美好的事。这些人和事，总会给你温暖，给你慰藉，给你无以言说的依赖感和幸福感。一个人如果看不到眼前的幸福所在，看不到生活的希望和美好，感觉不到阳光和温暖，眼前总是雾霾一样的景象，抑或让自然景象波及自己的心态，让许多过往压在心头，那样，就会走得很吃力很艰辛，也会很苦很郁闷。生活中这样的人也许不少，这样的人可以作为自己的生活比照，既是镜子，也是参照物。从别人身上看到一些自己不容易觉察到的东西，想着自己该拥有什么,该舍弃什么。

想一想,世间一切,总会不期而遇。有些东西,你会熟视无睹,有些东西,你会一见倾心。说不出缘由,无法诠释,却又那么简单明了。如果走了多少路还不明白,亲历了多少事还耿耿于怀,那不是跟自己过不去吗?尘世如乱麻,日子如乱草,等喧哗散去,总会很安静,也会很坦然。过往经历的叠加,多重感触的交融,可能会左右自己的心境,若是拥有一个善于告别过去的心态,有一双不纠结过往的眼睛,有一种无须提醒的自觉,把自己的事情一样一样地打理,那必定会拥有一个超然物外的美好心境。

这个春天真的很特别,新型冠状病毒一下子打乱了人们正常的步履,改变了人们的日常生活,以往的一些习惯被改变,一种全新的生活模式在每一个人眼前渐次打开,各种个性化的思潮向各个角落渗透。当国内的疫情开始得到有效控制之时,疫情像潘多拉魔盒被瞬间打开,席卷全球,许许多多的东西被打破与重建。国际油价崩盘式下跌,美联储暴力降息,美国三大股指短时间内多次熔断,欧美股市就似坐上了过山车。这似乎是百年未有之大变局的前兆,一场猝不及防的疫情确乎要引爆世界经济危机似的,让人普遍有一种山雨欲来的感觉。

就是在这样的背景下,我对自己的文本进行了一些调整和润色。有幸能给中学生提供一些课外阅读篇目,这是一种荣幸,也是一种责任。感谢北岳文艺出版社以及那些熟悉和陌生的朋友,让我有机会搭上"新语文名家散文读本"这班车。写作不是我的职业,却是我一直喜欢做的一件事,它总是给我带来一些意想不到的舒心和满足。在教育部门工作的时候,陆续写了一些教育随笔,并以基础教育忧思录系列札记形成一个基本单元。但在本次编选时,考虑到中学生作为阅读群体这一特点,其中一些篇目做了较大的调整,一些篇目被剥离了出去。虽觉得可惜，但这样的取舍还是值得的。

　　这些年来，在我个人身上和身边发生了许多的事情，或大或小，或喜或忧。在时光的流逝中，一些事真的是难以料想，也都在不确定之中。若能做到笃定如一，守正敬业，行稳致远，也实属不易。

　　"知《易》者不占，善《易》者不卜。"一个人对未来的期许其实很简单，能平静、真实、一如既往地生活，带着善心做人做事，怀揣着温暖对人对己，并一路向前，那应该是一种非常舒心幸福的状态。